# 나는 스토리텔링이다!

Storytelling

**초판 1쇄 발행** 2016년 01월 26일
**초판 2쇄 발행** 2017년 02월 03일

지은이 이미향
펴낸이 김양수
편집·디자인 곽세진   교정 장하나

펴낸곳 휴앤스토리   출판등록 제2016-000014호
주소 경기도 고양시 일산서구 중앙로 1456(주엽동) 서현프라자 604호
대표전화 031.906.5006   팩스 031.906.5079
이메일 okbook1234@naver.com   홈페이지 www.booksam.co.kr

Copyright ⓒ 이미향, 2015

ISBN 979-11-957230-0-3 (03810)

*이 책의 국립중앙도서관 출판시도서목록은 서지정보유통지원시스템 홈페이지(http://seoji.
 nl.go.kr)와 국가자료공동목록시스템(http://www.nl.go.kr/kolisnet)에서 이용하실 수 있습니다.
 (CIP제어번호 : CIP2016001833)
*이 책은 저작권법에 의해 보호를 받는 저작물이므로 무단전재와 무단복제를 금지하며, 이 책
 내용의 전부 또는 일부를 이용하려면 반드시 저작권자와 도서출판 휴앤스토리의 서면동의를
 받아야 합니다.

*파손된 책은 구입처에서 교환해 드립니다.   *책값은 뒤표지에 있습니다.

# CONTENTS

추천사
PROLOGUE

## 01

—

## 마음을 치유하는 진솔한 감동의 이야기

'스토리텔링'이라고 하면 대다수 사람들은 어렵게 생각하지만, 이미향 님의 글들은 사뭇 다르다. 멀리서 가져오는 이야기가 아니라 가장 가까운 작가 자신의 내면에서부터 출발하는 이야기들을 소재로, 때론 동화나 우리에게 친숙한 명사들의 화두를 통해 이야기를 전개해 나가기 때문이다.

그래서인지 이미향 님의 글들은 우리에게 아름다운 동행을 꿈꾸게 한다. 눈물을 흘릴 수밖에 없는 이야기, 희망과 사랑을 전해주는 따뜻한 이야기, 아름다운 삶의 노래가 곳곳에 스며들어 있기 때문이다.

김영만(CNBC미디어 대표. 시인)

02
—

상담실에서 주로 많은 사람을 만나본 결과, 불행하다는 이들은 하나같이 자신에 대한 왜곡된 이야기를 가졌다는 것을 알게 되었다.

이에 그 '지배적 이야기Dominant Story'를 알게 하고 그 자리에 '대안적 이야기Alternative Story'를 스스로 생성할 수 있게 하면 그는 완전히 새로운 사람으로 변신한다. 저자는 어린 시절의 왜곡된 이야기로 인해 불행하게 살았다. 그러다 어느 날 우연히 듣게 된 짧은 이야기 하나를 통해 자신의 인생을 완전히 바꾸었다. 그 경험이 너무나 강렬했기에 '스토리텔링'의 전도사로 나섰다. 그리고 정말 자신의 이야기를 들은 수많은 사람들이 치유되었다. 이야기는 그 자체로 사람을 치유한다는 것을 목격한 것이다. 이 책은 그것을 명백히 증명해 보일 것이다. 따라서 누구라도 책을 읽다 보면 어느새 치유된 자신의 모습을 보게 될 것이요, 동시에 자신에 대해 새로운 이야기를 쓰게 될 것이다.

이병준 박사(통앤톡 하이터치 대표, 남편 & 아내사용설명서 저자)

03
—

이 책은 지금 힘들어하는 많은 사람들에게 친구가 되고 싶다고 말을 겁니다.

쉽게 읽히는 이야기들이 눈으로, 머리로, 가슴으로 전해져 동심원의 물결구조처럼 잔잔한 울림과 파문을 전해줍니다.

작가가 꾹꾹 눌러 쓴 감동의 글들을 온몸으로 읽었습니다.

전남 도청 정문선 주무관 – 정문선

04
—

몇 년 전 그녀를 처음 만났다. 목소리도, 모습도 톡톡 튀며 상큼 발랄한 모습에서 신선한 매력을 느꼈다.

그녀를 알면 알수록 진실함과 따뜻함을 느끼게 되었다. 그녀의 강연은 한편의 예술작품처럼 뭇사람들의 감성을 자극하여 자신을 더 사랑하게 하고, 소외된 이웃을 향하여 손을 내밀게 하는 마력(?)이 있다. 그런 그녀가 마음으로 토해낸 영혼의 부르짖음 같은 이 책을 통해 많은 분들의 마음에 위로가 되길 간절히 기원한다.

21세기 성공계발연구원 최일주 원장

05
—

이 책의 저자인 이미향 씨는 딱 한 번 만나 보았지만, 만난 횟수에 비해 훨씬 더 많은 것을 알게 된 분이다. 이유는 이 책에 실린 작품들을 통해서다.

저자의 작품은 솔직 담백하다. 무를 한입 베어 먹을 때의 맛이라고나 할까? 있는 그대로의 모습을 감추지 않고서 기술하고 있음을 느끼게 한다. 거기에다가 강사로서의 직업에 어울리게 '재미'의 요소를 가미하고 있다. 청중에게 그랬던 것처럼, 독자에게도 재미있는 글을 읽히고 싶어하는 마음을 읽을 수 있다.

저자는 자기 자신을 스타 강사로 소개하지는 않는다. (스타 강사?) 하지만 그는 자기 일에 최선을 다하는 사람일 뿐만 아니라(최선을 다한 날), 꿈도 있고 비전도 있다(꿈에서 비전으로, 버킷 리스트). 현재의 직업과 관련된 일을 기술할 때 저자는 참 밝고 씩씩한 모습을 보여 준다, 감동을 잘 받는 여린 마음도 있지만. 이것은 내가 저자를 처음 대면했을 때 받았던 느낌과도 같다.

시간을 거슬러 올라가면 저자의 표정이 점점 어두워진다. 가정생활의 어려움도 있었고, 특히 초등학교 입학식 날의 이야기는 읽는 사람의 가슴을 아리게 한다(남편에게 부침, 딸과 함께 이중주를). 이러한 내용은 저자가 현재 있는 자리가 저절로 얻어진 것이 아님을 느끼게 하는 대목이다.

저자에게도 상처가 있다. 그런데 이 상처가 이제는 꽃이 되어 더 아름답고 풍부하게 해주는 것 같다(꽃이 된 '상처'). 부모님이 지어 주신 자기 이름을 두고 어린아이처럼 좋아하는 모습을 그린 '내가 정말 좋은 이유'에서도 그 점이 잘 드러난다. 상처가 계속 상처로 남아 있다면 그것은 몸 안으로 세균을 불러들이는 통로가 되겠지만, 상처가 아물고 남은 흉터는 인생이라는 교실에서 받은 훈장이 된다. 저자가 내뿜는 아름다운 꽃향기가 많은 사람들에게 즐거움과 행복을 나누어주기 바란다.

마지막으로, 저자가 작성한 '버킷 리스트' 가운데 18번째인 〈국회의원 회관에서 강의하기〉가 이루어지게 된 것을 다시 한 번 축하한다.

시인 주영목

# 이야기의 힘

지금까지 나에게 많은 이야기를 들려주었던 이들이 생각난다.

나는 어릴 적부터 이야기를 무척 좋아했다.

어린이집에서 선생님이 들려주던 동화, 화롯가에서 고구마를 묻어 놓고 할머니가 들려주셨던 옛날이야기, TV 드라마, 영화, 책…

이야기를 경험할 때면 항상 기쁨이 차올랐다.

특히, 모든 이야기의 마지막에서 전달되던 뭉클한 느낌을 즐겼다.

1999년, 롤프 옌센은 그의 저서 《드림 소사이어티dream society》에서 논리와 이성이 중요시되는 정보화 시대는 가고, 꿈과 감성을 중요시하는 드림 소사이어티가 온다고 예언했다.

그의 예언처럼 우리 사회도 TV 광고, 마케팅, 홍보, 신문 기사 등 여러 분야에서 '이야기'를 적극적으로 활용하고 있다.

심지어 정치가, 대통령의 연설에서도 그렇다.

꿈과 이야기 등의 감성적 요소가 부각되는 드림 소사이어티가 온 것이다.

바야흐로 스토리텔링 시대다.

우리네 인생도 한 편의 스토리다. 자신이 사람들과 함께 등장인물로 출연하는 한 편의 이야기가 곧 인생이다.

이 책을 통해 이야기의 중요성을 말하고 싶은 것은 아니다. 이미 다른 여러 책이나 매체에서 많이 다루었기 때문이다.

대신, 喜怒哀樂愛惡欲희노애락애오욕의 감정이 쉼 없이 돌고 도는 다양한 삶의 이야기를 소개하려 한다. '이야기'라는 도구를 통해 삶의 방법을 찾고, 소통과 공감의 주춧돌을 마련하고, 즐거움을 공유하고, 나아가 미래에 행복한 꿈을 갖기를 바랄 뿐이다.

그래서 우리 모두에게 밝고 건강한 삶의 변화가 일어나기를 바란다.

이야기를 아는 것은 삶을 변화시키는 첫걸음이다.


내게 이야기를 말해다오.

이 열광의 순간, 열광의 세기에 이야기를 말해다오!

아득한 거리에 있는 별빛의 이야기를.

그 이야기의 이름은 시간, 하지만 그렇게 부르지 말고 심연한 기쁨의 이야기를 말해다오.

― 로버트 펜 워런


이 책을 기획하고 좋은 책이 나오도록 정성을 기울여주신 휴앤스토리 출판사의 여러분에게 감사의 뜻을 표한다.

아무쪼록 이 책이 많은 사람에게 아주 작은 조각으로나마 이야기를 제공함으로써, 마음속에 '희망 씨앗'이 되었으면 하는 마음 간절하다.

– 2015년 12월 첫째 날에 이미향

W H A T ' S    Y O U R    S T O R Y ?

# 01

## "이야기 본능"을 깨워라!

"이야기는 호흡이나 혈액 순환처럼
인간 본질의 한 부분이다."

- 바이어트(Byatt)

마음이 울적할 땐 추억 여행을 떠난다.

아주 오래전, 충청북도 제천에 있었던 '성림 어린이집'. 일주일에 한 번 '이야기 아줌마'가 커다란 그림책을 들고 오셨다.

그 시절에는 이야기를 들려주는 동화 구연가를 그렇게 불렀다.

한 아이가 "이야기 아줌마 오신다!"라고 크게 외치면, 우리들은 맨 앞줄에 앉으려고 하던 일을 멈추고 후다닥 모여 앉았다.

그리고 이야기 아줌마가 자리를 잡으시면, 아이들은 꽃잎 같은 작은 손으로 손뼉을 치며, 시그널 송을 불렀다.

[부엉 부엉새가 우는 데

부엉 춥다고서 우는 데

우리들은 어린이집에

모두 옹기종기 앉아서

옛날이야기를 듣지요.]


노래가 끝나고, 드디어 마법의 주문이 걸린다.

"옛날 옛날에 토끼와 호랑이와 살았는데…"

우리들은 상상의 나래를 펼치고 여행을 떠났다. 신 나게, 아주 신 나게, '아름다운 이야기 속'으로 갔다. 나는 공주도 되었고, 선녀도 되었고, 곰도, 토끼도 만나 놀았고, 때론 여우와 호랑이가 무서워 도망치기도 하였다.


나는 어릴 적부터 이야기 듣는 것을 매우 좋아했다. 소극적이고 수줍음이 많았던 나는, 말하는 것보다 듣는 것이 훨씬 편하고 좋았다. 이야기를 들으며, 그 환상 속에서 울고 웃으며 행복했다. 아름다운 나의 유년 시절은 그렇게 아직도 기억 속에 고스란히 남아 있다. 그리고 그 기억 속에 '이야기'가 있었다. 이 '이야기'가 요즈음 일상에서 흔히 접할 수 있는 이야기스토리텔링의 한 전형이다. 우리는 태어나면서부터 옛날이야기를 들으며 자랐고, 텔레비전, 영화, 수많은 광고를 통해 다양한 형식의 이야기를 만났고 만나고 만날 것이다.

40여 년이 지난 지금, 나는 카카오 스토리의 매력에 푹 빠져 산다. 모바일 메신저인 카카오톡과 연계된 소셜네트워크서비스SNS : social network service는 '인간은 사회적 동물이다.'라는 말을 입증이라도 하듯이 사람과 사람이 자유롭게 소통하려는 본능을 자극한다.

어쩌면 소소한 일상을 드러내어, 타인들로부터 인정받고자 하는 욕구가 내 안에 있으며, 또한 나의 정체성과 존재감을 온라인상에서 확인받고 싶은 것이다. 바로 옛날이야기의 현대적 변형이다.

내가 카카오 스토리에 빠져있는 이유 중의 하나는 번쩍이며 현란하게 움직이는 영상물 때문이 아니라, 실시간 움직이는 사람들의 '이야기'가 궁금하기 때문이다.

나는 스토리텔링 기법으로 강의하는 14년 차 강사다. 내 카카오 스토리에는 강사로서 일하는 모습, 내가 만난 사람들, 자잘한 일상에서의 느낌, 생각, 그리고 재미있는 이야기들이 있다.

그중, 댓글을 주고받는 재미는 더할 수 없는 기쁨 중 하나이다. 실시간으로 일상을 남기는 이 일은, 나에겐 큰 '삶의 의미'가 되었다. 때론 이야기를 주고받는 과정에서 사람들과 기쁨과 아픔을 함께 나눈다. 때론 위로받고 격려도 해 주며, 내 삶의 방향을 찾아가기도 한다.

가다머Gadamer가 말했다.

"'의미'란 너와 내가 만나서 이야기하는 가운데 만들어지고 드러나는 것"이라고.

우리는 '의미' 있는 인생을 살고 싶은 욕구를 가지고 있다. SNS라는 공간 속에서 주고받는 이야기는 가다머의 말처럼 나의 의식을 선명하게 가꾸어 준다.

왜 우리는 페이스북이나 트위터, 카스에서 시시콜콜한 자기 이야기를 올리는 데 몰두하고, 즐거워할까? 왜 우리는 텔레비전, 영화, 연극을 보면서 픽션의 세계에서 울고 웃을까? 왜 우리는 밤이 늦도록 술자리에서 사람들을 만나 자신의 이야기를 할까? 그것은 우리에게 '이야기 본능'이 있기 때문이다.

나는 언제나 어느 곳에서나 이야기를 찾아 돌아다닌다. 수첩과 볼펜을 가지고 이야기 사냥꾼이 되어 마구 돌아다닌다. 이야기 더듬이를 세우고. 그래, 사자성어가 있다. "적자생존 : 적는 자야말로 생존한다." 비록 내 멋대로 해석하고 모토로 삼은 넉 자지만 내 삶에서의 의미는 적지 않다.

어느 날이었다. 그날도 나는 이야기 더듬이를 휘젓고 다니다가 우연히 신문에서 흥미로운 기사를 읽게 되었다. 미국 하버드대 뇌 과학 연구팀이 사람은 자기 자신에 관해 이야기할 때 뇌에서 음식이나 돈, 섹스로 인해 쾌감을 느낄 때와 같은 자극을 느낀다는 연구 결과를 전하는 내용이었다. 사람들은 자신을 드러내고 싶어 때로는 자기 수익의 17~25%를 포기한다는 내용도 있었다.

영국의 여류 소설가 바이어트Byatt는 "이야기는 호흡이나 혈액 순환처럼 인간 본질의 한 부분이다."라고 말했다. 이렇듯 우리는 태어날 때부터 타고난 스토리텔러로서 이야기를 하고 싶고, 이야기를 듣고 싶은 욕구를 가지고 있다. 그래서 우리는 우리의 삶 속에서 끊임없이 이야기를 통해 에너지를 전달하고 전달받는 것이다.

이야기는, 뜻뿐만 아니라, 이야기의 처음과 가운데와 끝이 서로 얽히며 잇달아서 뚜렷한 줄거리를 이룬 말이다. 우리가 세상에서 살아간다는 것은, 너와 나 우리가 서로 얽히며 많은 일들을 경험해 가는 과정이다. 이것은 이야기의 서로 얽히는 세계와 비슷하다. 그렇기에 우리의 인생은 '각각의 이야기'이다. 이 각각의 이야기를 잘 풀어가는 자야말로 매력 있는 사람이 된다.

끌리는 사람들에게는 반드시 그들만의 '이야기'가 있는 것은 그러한 이유에서다. 자, 이제 몇 가지 질문을 당신에게 던져 보겠다.

당신은 당신만의 이야기를 가지고 있는가?
당신은 그 이야기를 잘 만들어가고 있는가?
당신의 인생 이야기는 건강한가?
당신은 그러기 위해 어떤 노력을 기울이고 있는가?

나의 삶은 나의 역사이다. 나의 역사는 곧 나의 이야기이다. 나의 이야기는, 나의 과거와 현재, 미래를 보여준다. 내가 어디에서 왔으며, 어디에 있으며, 어디로 가고 있는지를 말해 준다.

"내게 이야기를 말해다오.
이 열광의 순간, 열광의 세기에 이야기를 말해다오!
아득한 거리에 있는 별빛의 이야기를.
그 이야기의 이름은 시간, 하지만 그렇게 부르지 말고 심연의 기쁜 이야기를 들려다오!"

— 로버트 펜 워런

이제, 당신의 이야기 본능을 깨울 시간이다.
숨을 죽이고,
눈이 반짝 빛나며,
귀를 쫑긋 세우게 만드는,
가장 강력한 여덟 개의 단어.

**자! 이제, 내가 너에게 이야기 하나 해 줄게!**

# 02

# 나는 스토리텔링이다!

"춘화야 고마워. 나 꽤 오랫동안 엄마, 집사람으로만 살았거든.
인간 임나미, 아득한 기억 저편이었는데…
나도 역사가 있는 적어도 내 인생의 주인공이더라고. 방관자도 조연
도 엑스트라도 아닌 내 인생의 주인공…"
- 영화 '써니' 중에서

바야흐로 '스토리텔링storytelling의 시대'이다.

스토리텔링은 '이야기story', '말하다tell', 그리고 '현재 진행형ing'의
조합이다.

'이야기'부터 보자. '이야기'는 말함으로써 존재한다. 여기서 '말함',
즉 '말하다'는 단순히 말한다는 의미뿐 아니라 음성과 행위까지를 포
함한다. 말이나 글을 넘어 몸짓, 동영상 소리, 그래픽 등 다양한 드러

냄과 나타냄을 포괄한다는 의미이다. 또한 현재 진행형인 'ing'는 이야기를 하는 사람과 듣는 사람이 상황을 공유하고 소통한다는 의미다.

이렇게 만들어진 '스토리텔링'이라는 말은 문화 산업 시대에 등장한 신조어이다. 1995년 미국 콜로라도에서 열린 '디지털 스토리텔링 페스티벌'에서 유래되었다.

우리나라에서는 1998년, 〈타이타닉〉 영화 한 편이 소나타 몇천 대 만드는 것보다 효과적이라는 경제론이 대두되면서 이 '스토리텔링'에 주목하기 시작했다.

얼마 전, 영화 〈써니〉를 다시 한 번 보았다.

주인공은 중년에 접어든 임나미, 그녀는 소위 잘 나가는 남편과 학생인 딸과 평범하게 살고 있다.

어느 날, 어머니 병문안을 갔다가 우연히 한 병실에서 흘러나오는 어떤 여자의 통곡 소리를 듣게 된다. 그녀는 바로 자신의 고교 친구인 하춘화였다.

춘화는 암에 걸렸고 그것도 2개월의 시한부 인생이었다. 춘화의 소원은 고교 시절에 '써니'라는 칠공주 그룹의 친구들을 다 만나보는 것이라 한다.

이야기는 이렇게 시작되었다.

주인공 나미는 춘화의 소원을 들어주기 위해 못난이 장미, 욕 배틀 대표 주자 건희, 괴력의 문학소녀 금옥, 미스코리아를 꿈꾸는 복희, 도도한 수지 이렇게 칠공주 멤버들을 찾아내기 시작한다.

어느 날, 나미는 차를 타고 가는 도중에 춘화가 죽었다는 소식을 듣게 되고, 그렇게 칠공주 멤버들이 하나둘 춘화의 장례식장에 모인다.

춘화는 죽기 전에 친구들 집으로 율동 CD를 보냈다. '써니'라는 노래에 맞춰 율동을 하는 CD를…. 이 노래와 춤은 그녀들의 여고 축제에서 선보일 예정이었다. 하지만 뜻밖의 사고가 일어나고 결국 공연하지 못하게 된 사연이 담긴 노래와 춤이었다.

모두 모인 칠공주는, '써니'에 맞춰서 장례식장에서 춘화를 위해 춤을 추기 시작한다. 장례시장에서 걸판지게 벌어지는 '써니'라는 추억의 공연은 그렇게 펼쳐졌다.

이 영화는 2011년에 개봉해서 700만 관객을 돌파하며 대흥행 기록을 세웠다. 하춘화가 친구들에게 남기고 간 돈을 물려받게 된다는 결말이 다소 유치하기도 하지만, 남녀노소 할 것 없이 모두들 좋아한 영화임은 틀림없다. 이 영화의 흥행 이유는 무엇일까?

아마도 누구에게나 있을 법한 그때 그 시절을 재미있게 그려 많은 사람들에게 추억과 향수를 불러일으킨 것이 아닐까.

'아~ 나에게도 저런 꽃다운 시절이 있었는데…'

'나에게도 저런 친구들과의 추억이 있었는데…'

'아름다웠던 꿈이 있었는데…'

이런 추억 말이다. 영화 〈써니〉에는 여러 명장면이 있지만, 무엇보다 기억에 남는 명대사는 이것이다. 바로 병원에서 주인공 임나미가 하춘화에게 한 말.

"춘화야 고마워. 나 꽤 오랫동안 엄마, 집사람으로만 살았거든. 인간 임나미, 아득한 기억 저편이었는데… 나도 역사가 있는 석어도 내 인생의 주인공이더라고. 방관자도 조연도 엑스트라도 아닌 내 인생의 주인공…"

"나도 역사가 있는 적어도 내 인생의 주인공이더라고"라고 되뇌는 나미의 말. 그렇다. 이 '역사'가 바로 자신의 '스토리'이다. 상대에게 신뢰를 주는 가장 빠른 길은 개인의 역사를 보여주는 것이라고 한다. 그래서 '역사history'는 라틴어 'hi쓰다 storea이야기'에서 나온 말이다.

인간 이미향, 나에게도 그 '역사'가 있다.

나는 '키친 드렁커'였다. '키친 드렁커'란 남편 없는 시간에 혼자서 키친부엌에서 홀짝홀짝 술을 마시는 여성 알코올 중독자를 말한다. 그게 바로 나였다.

내 아이가 2살 무렵에 난 '우울증'을 심하게 겪게 되었다. 그것은 남편과 불통, 내 존재의 가치 없음 때문이었다. 죽음보다 무서운 외로움이 나를 잠식시켰다. 나는 나 자신을 불행의 구렁텅이로 몰아넣었다.

나는 허구한 날 술을 마셨고 마셨다. 아이를 업고서도, 얼굴이 빨개진 상태에서도, 머리띠를 하고 복도를 서성이면서도-.

마음이 아프면 몸이 운다. 머리를 바늘로 쑤시는 듯한 두통이 어제가 오늘이 되고 내일이 모레가 되었다.

난 누군가와 말을 하고 싶었다. 복도를 서성이며 지나가는 사람을 막아서며 "저랑 이야기 좀 하면 안 되나요?"라며 붙잡았다. 그러나 술 냄새를 풍기는 나와는 아무도 이야기하려 들지 않았다.

그러던 어느 날이었다. 책 외판하시는 분이 내 레이더망에 걸렸다. 드디어 이야기 동무가 생긴 셈이었다. 그분과 이야기하는 시간이 그렇게 즐거울 수가 없었다. 하지만 그분과의 이야기는 얼마간에 지나지 않았다. 그분이 새로 출간되었다며 나에게 권한 책을 사 주지 않아서였다. 그날, 그분은 냉정하게 등을 돌리고 가 버렸다. 그분이 남긴 말은 지금도 귀에 쟁쟁하다.

"아! 참, 하은이 엄마 이야기만 실컷 듣고…. 그동안 시간만 낭비했네. 에이씨! 그 시간에 책을 팔아야 하는데…"

사람들이 모두 무서웠다. '나는 정말 아무것도 아니구나.', '차라리 죽고 싶다.'라는 생각이, 생각에 생각을 더하게 하였다. 급기야 베란다에 서서 아래만 내려다보는 습관이 생겼다. 그때, 나는 7층에 살았다.

그렇게 또 하루하루를 술에 의지해 지내던 어느 날이었다. 결혼 전부터 친했던 언니네 집에 가게 되었다. 그날, 난 언니 집에서 보았다. 권정생 선생의 《강아지 똥》이라는 그림책을. 그것은 운명적인 만남이었다.

그림책을 펼쳐보는 순간, 내 마음은 떨리기 시작했다. 그 이야기 속에 바로 내가 있었기 때문이었다. 주인공인 강아지 똥의 모습이 마치 내 모습과 똑같았다.

초라한 모습으로 서성이고 있는 나, 그리고 강아지 똥….

동일시(identification : 동일시란, 심리학 용어로 타인과의 관계에서 타인의 반응 경향을 받아들이는 경우이다. 자기보다 강하거나 우세한 다른 사람의 가치나 태도를 자기 것인 양 따라 하면서 내면화하는 것을 말한다.)라고나 할까.

뒹굴뒹굴~, 아무 쓸모 없이 굴러다니기만 하는 강아지 똥, 그것은 바로 나였다.

주위에서 더럽다고 침을 뱉고 욕하고…, 거들떠보지도 않는 냄새나고 초라한 똥…. 그러나 그 무의미한 존재인 것 같던 강아지 똥은, 고운 민들레 싹을 만나며 새로운 이야기를 만들어 낸다.


"너는 뭐니?"

"난 예쁜 꽃을 피우는 민들레야."

"얼마만큼 예쁘니? 하늘의 별만큼 고우니?"

"그래. 방실방실 빛나."

"어떻게 그렇게 예쁜 꽃을 피우니?"

"그건 하나님이 비를 내려주시고 따뜻한 햇볕을 쬐어주시기 때문이야."

"아 그렇구나, 넌 좋겠다. 나와는 아무 상관이 없지."

"그런데 꼭 한 가지 필요한 게 있어. 네가 필요해! 네가 거름이 되어 내 몸속으로 들어와야만 해. 그래야만 별처럼 예쁜 꽃을 피울 수 있단다."

"어머나 그러니? 정말 그러니?(와락 끌어안는다)"

나도 그날, 언니네 집에서 《강아지 똥》을 꼭 끌어안고 작은 짐승처럼 울었다. 그동안 켜켜이 쌓여 있던 부정적 감정들이 눈물과 함께 밖으로 나왔다. 나는 민들레 싹에게 물었다.

"내가 필요하다구? 정말? 내가?"

민들레 싹은 이렇게 말해 주었다.

"그래 미향아! 네가 얼마나 소중한데 그러니. 네가 얼마나 귀한데 그러니."

그것은 난 소중한 사람이라는 자존감이었다. 그것은 나의 새로운 내 이야기를 써야 한다는 희망이었다.

그때부터 나는, 나처럼 마음이 아픈 사람들, 약한 사람들, 소외된 사람들, 그리고 아이들을 위해 무언가 일을 해야겠다는 결심을 하였다. 무려 7년 동안 봉사 활동이 이어졌다. 물론 '키친 드렁커'도 베란다에서 아래를 내려보던 습관도 없어졌다.

자존감은 누군가에게 필요한 존재가 된다는 확신이 들 때 회복된다. 흔히들 말한다. 자기 자신을 배려하고 사랑하라고. 하지만 마음대로 잘 안 되는 이유는 무엇일까? 내면에서 줄곧 자기를 짓누르고 있는 마음의 상처와 억압들이 '자기 사랑하기'를 방해하고 있기 때문이다

영화 〈섹스 앤 더 시티〉의 사만다가 자신의 꿈을 위해 떠나며 하는 명대사도 그렇다.

"당신을 정말 사랑해. 하지만 내게는 당신보다 더 사랑하는 사람이 있어. 바로 나 자신…."


나는 이제, 내 인생이 기대된다. 인생의 모퉁이, 모퉁이를 돌 때마다 어떤 풍경이 펼쳐질지, 어떤 선물이 기다리고 있을지, 설렌다.

'키친 드렁커'였던 주부가, 3권의 책을 출판하고, 대학에서 학생들을 가르치고, 전국을 돌며 기업 강의를 하는 강사가 될 줄 누가 알았을까?

이런 기적 같은 인생을 나는 살고 있다. 바로 내 역사 이야기다. 물론 아직도 현재 진행형이기에 내 인생의 스토리텔링은 오늘도 계속된다.


삶은 한 편의 이야기다. 우리가 세상에서 살아간다는 것은 너와 나, 우리가 서로 얽히고설키며 이런저런 일을 경험해 가는 과정이다. 이것은 등장인물들이 서로 관계하며 사건을 만들어 나가는 이야기와 너무나 비슷하다. 그래서 현실이 얼마든지 이야기로 반영되어 표현될 수 있으며, 사람들의 행동에 이야기가 다시 영향을 미칠 수도 있다. 그렇

게 서로 영향을 주고받게 되므로 이야기는 곧, 우리의 삶이다.

어느 책에서 보니 사람은 죽을 때 "껄껄껄" 하고 죽는다고 한다. 호탕하게 웃으며 죽는다는 이야기가 아니다.

좀 뜨겁게 살걸~

좀 재미있게 살걸~

좀 베풀면서 살걸~

좀 의미 있게 살걸~

좀 나답게 살아볼걸~

자 이제, 당신의 삶을 이야기하라!

당신답게 당신의 이야기를 만들어 보라!

당신은 당신의 '인생'이라는 무대에서 조연도 엑스트라도 방관자도 아닌 주인공이다. 인생은 자기가 주인이 될 때 즐겁고 가치가 있다. 주인공은 쉽게 좌절하지도, 쉽게 포기하지도 않는다. 주인공이 무대에서 사라지면 무대는 막을 내린다. 주인공이 없는 무대는 존재할 수 없기 때문이다. 불끈 쥔 두 손등에 파란 힘줄이 솟도록 당신의 역사를 스토리텔링 할 이유가 여기 있다.

2015년, 5월. 완연한 봄이다.

나는 오늘 서울에 있는 광진정보도서관을 향하여 힘차게 액셀러레이터를 밟는다. 광진정보도서관에는 내 강의를 들으려 많은 사람들이 앉아 있다. 라디오 103.5 MHz에서 내가 좋아하는 윤도현의 "나는 나비"가 흘러나온다.

날개를 활짝 펴고 세상을 자유롭게 날 거야!
노래하며 춤추는 나는 아름다운 나비.

오늘도 난 이렇게 내 스토리텔링을 쓴다. 물론 내일은, 내일의 스토리텔링을 내 역사에 쓸 것이다. 나는 스토리텔링이다.

# 03

# 손끝으로 세상을 볼지라도

"어둠을 탓하지 말 것이며 다만 세상에 빛을 이끌고 오라!
신이 세상에 보낸 손길이 있으니
그것은 바로 너 자신이다. Be yourself!"
- 조앤 데이비스

세계 1위!

우리 대한민국인은 참 1위를 좋아한다.

재계 서열 1위의 광고도 "1등이 아니면 아무도 기억하지 않는다"
였다.

그래서인지 심지어 이러한 것도 세계 1위를 자랑한다. 낙태율, 음란
지수, 이혼율, 성형 수술, 사치품 소비율, 매춘(네덜란드의 4배다), 또
한 가지, 바로 자살률이다.

우리나라는 2003년부터 자살률 1위라는 오명을 계속 이어가고 있다.

"대한민국은 자살 공화국이다!"라는 말은 이제 어제오늘의 이야기가 아니다. OECD 자문관인 수전 오코너 박사는, 한국의 정신 건강 시스템 전반을 다룬 평가 보고서에서 '정신적 고통이 만연한 나라'라고 진단했다.

여기서 주목해야 할 점이 있다. 모든 자살의 30~50%가 사망 직전에 우울증 상태를 거친다는 사실이다. 2년 전에도 90년대 인기를 누렸던 남자 가수 투투 그룹의 김지훈이, 또 그보다 얼마 전에는 영화 〈죽은 시인의 사회〉의 로빈 윌리엄스가 우울증으로 극단적인 선택을 했다. 내가 너무나 좋아했던 가수와 영화인이었기에, 아직도 내 가슴에는 그때 그 슬픔의 여운이 선연히 남아 있다.

언제부터인가 '힐링'과 '치유'라는 말을 자주 듣는다. 너나 할 것 없이 써댄다. 이 말은 우리나라가 그만큼 '힐링'과 '치유'가 필요하다는 방증이요, 그만큼 우리 사회가 건강치 못하다는 방증이다.

세계보건기구WHO에서는 '건강이란 질병이 없고 허약하지 않을 뿐만이 아니라 신체적, 정신적, 사회적으로 안녕한 상태'라고 정의했다. 이 말은 100세 장수 시대에, 100세를 사는 신체만 중요한 게 아니라 육체만큼이나 정신적으로 건강해야 사회적으로 안녕한 상태가 된다는 말이다.

정신이 건강하지 못하면 반드시 육체적인 건강에도 문제가 생긴다. 육체가 건강하다고 정신이 건강한 것은 아니기 때문이다.

〈금이 간 항아리〉라는 이야기가 있다.

어떤 사람이 양어깨에 지게를 지고 물을 날랐다.

오른쪽과 왼쪽에 각각 하나씩의 항아리가 있었다.

그런데 왼쪽 항아리는 금이 간 항아리였다.

항상 물을 가득 채워서 출발했지만, 집에 오면 왼쪽 항아리의 물은 언제나 반쯤 비어 있었다.

금이 갔기 때문이다.

반면에 오른쪽 항아리는 물이 가득 찬 모습 그대로였다.

왼쪽 항아리는 주인에게 정말 미안한 마음이 들어 이렇게 말했다.

"주인님, 나 때문에 항상 일을 두 번씩 하는 것 같아서 죄송합니다. 금이 간 나 같은 항아리는 이제 버리고 새것으로 쓰세요."

그때 주인이 금이 간 항아리에게 말했다.

"나도 네가 금이 간 항아리라는 것을 알고 있단다. 네가 금이 간 것을 알면서도 일부러 바꾸지 않는단다."

그러고는 금이 간 항아리를 데리고 그동안 지나온 길로 데려갔다.

"우리가 지나온 길 양쪽을 바라보아라. 물 한 방울 흘리지 않는 오른쪽 길은, 아무 생명도 자라지 못하는 황무지이지만, 왼쪽 길은 아름다운 꽃과 풀이 무성하게 자라지 않니? 너는 금이 갔지만, 너로 인해서 많은 생명이 자라나는 모습이 아름답지 않니? 나는 그 생명을 보며 행복하단다."

육체가 건강치 않더라도 얼마든 '힐링'과 '치유'라는 말을 곁에 둘 수 있다는 이야기다.

내가 제일 좋아하는 TV 프로그램은 KBS 〈인간극장〉이다. 방송 시간을 놓치면 유료로 다운받아서라도 꼭 볼 만큼 애시청자이다. 딱히 이유를 대자면 우리 이웃에서 흔히 만날 수 있는 소박한 삶을 살아가는 사람들의 모습을 볼 수 있기 때문이다. 그들의 이야기는 소박하지만, 그 속에는 그들만이 낼 수 있는 깊고 짙은 울림이 있다.

그 이야기 중 하나, 72세의 곽노성가명 할아버지의 노래 인생 이야기다. 곽 할아버지가 마이크를 잡고 노래하는 모습은 정말 보는 이로 하여금 신바람을 불러일으킨다. 얼굴에는 소년 같은 미소를 머금고, 음악과 한몸이 되어 어찌나 구성지게 노래를 잘 부르시는지. 보는 이의 혼을 빼놓을 만하니, 절로 기분이 좋아지지 않을 수 없다.
놀라운 것은, 곽 할아버지는 시각 장애인이시다. 그럼에도 달인 경지까지 오를 정도로 노래를 잘하시는 것은 물론 농사도 짓는 농부이다. 그는 이렇게 말하였다.

"어떤 사람들은 눈을 감고 어떻게 농사를 짓느냐 하는데, 우리는 나름대로 이 손도 눈이야."

곽 할아버지의 한 마디 한 마디는 매회 깊은 울림을 주었다.

"나는 아주 열심히 지금까지 앞만 보고 살아온 사람이야. 세상이 보이지 않지만, 나는 항상 앞만 보고 갈 수 있었어. 그래서 나는 두려움 없이 행복하게 살 수 있었던 거야. 나는 지금이 행복해."

곽 할아버지의 모습은 남들이 보기엔 금이 간 항아리일지도 모른다. 그렇지만 곽 할아버지를 장애인이라고 부를 사람이 몇이나 될까? 오히려 멀쩡히 두 눈을 뜬 정상인이면서도 몸과 마음에 장애 하나쯤은 다 가지고 있는 게 우리 아닌가?

언젠가 시내에서, "Free Hug안아드립니다"라는 피켓을 들고 있는 분을 본 적이 있다. 이 운동은 피켓을 든 사람에게 다가오는 낯선 이를 따뜻하게 안아 주는 운동이다. 이 운동의 의미는 '안아 주기'를 통해 현대인의 정신적 상처를 치유하고 평화로운 가정과 사회를 이루려는 데 있다. 이 운동을 시작한 이는 프리허그닷컴free-hugs.com의 설립자인 제이슨 헌터Jason G. Hunter이다. 그는 평소에 "그들이 중요한 사람이란 걸 모든 사람이 알게 하자."는 가르침을 주던 어머니의 죽음에서 영감을 받아 2001년에 최초로 이 운동을 시작하였다.

《양치기의 책》2010년에서 조앤 데이비스가 이런 말을 한다.

"어둠을 탓하지 말 것이며 다만 세상에 빛을 이끌고 오라! 신이 세상에 보낸 손길이 있으니 그것은 바로 너 자신이다. Be yourself!"

1등을 하지 않아도
최고가 아니어도
아름답지 않아도
상처가 많아도
금이 많이 갔어도
능력이 뛰어나지 않아도
인정받을 만큼 성공하지 못했어도
좋은 환경에서 태어나지 않았어도
…
…

그래도, 충분히 사랑받을 가치가 있다.

있는 그대로의 나를 소중하게 여기고 사랑하자. 내가 나를 안아 줘 보자. 곽 할아버지는 손끝으로 세상을 보면서도 자기를 꼭 끌어안았다. 그렇기에 그의 노래는 행복이 된 것이다. 곽 할아버지가 평소 즐겨 부르신다는 '나그네 설움'이다.

오늘도 걷는다마는

정처 없는 이 발길
지나온 자욱마다 눈물 고였다
선창가 고동 소리 옛 님이 그리워도
나그네 흐를 길은 한이 없어라

나도, 당신도, 우리는 오늘도 우리의 인생길을 걷는다. 그 인생길을
서로가 따뜻하게 안아 주며 갔으면 한다. 그래, 곽노성 할아버지처럼
걸음걸음마다 행복의 노래를 불렀으면 한다.

그러기 위해 나 자신부터 먼저 안아 주자. 내 이름을 내가 따뜻하게
불러 주며 이 세상을 힘차게 걷자고 기운을 불어넣어 주자.

"미향아!
그동안 많이 힘들었지?
그래, 여기까지 잘 왔어.
앞으로 너를 잘 돌봐 줄게.
많이 안아 줄게.
미안해, 고마워, 그리고 사랑해!"

W H A T ' S   Y O U R   S T O R Y ?

# 04

## 숨겨진 날개

오직 여호와를 앙망하는 자는 새 힘을 얻으리니
독수리의 날개 치며 올라감 같을 것이요
달음박질하여도 곤비치 아니하겠고, 걸어가도 피곤치
아니하리로다.
- 이사야 40장 31절

천길 벼랑에 내가 서 있었다.
신이 나를 밀어내기 시작했다.
"어, 왜 이러시지? 나를 긴장시키려고 그러시나?"

벼랑 끝 10미터 전.
신은 나를 계속 밀어낸다.

"이러다가 곧 그만두시겠지."

1미터 전.
"더 나아갈 데가 없는데, 정말 왜 이러시지?
설마 더 미시진 않겠지."

벼랑 끝.
"아니야, 그럴 리가 없어.
절대로 나를 벼랑 아래로 떨어뜨릴 리가 없어.
내가 어떤 노력을 해 왔는지, 어떻게 살아왔는지
너무나 잘 아시잖아."

그러나 신은
벼랑 끝자락에서 바동거리는 나를 아래로 미셨다.
……
그제야 알게 되었다.
나에게 '날개'가 있다는 것을.

– 프랑스 시

교회에서 낭송하던 시다. 나는 기독교 신자다. 어릴 적, 어머니 뱃속에서부터 교회에 다녔다. 그런데 강의할 때는 당당하고 자신감 넘치는 말로 청중의 마음을 들었다 났다 하지만, 교회에서는 왠지 어깨가 처지고 마음이 움츠러든다. 통성 기도할 때도 내 목소리는 개미 소리만 해진다.

"하나님, 우리 부모님 건강하게 해 주세요."
"하나님, 우리 하은이 잘 보호해 주세요."
"하나님, 제 책 잘 쓰게 해 주세요."

유아 수준에서 벗어나지 못한 기도다. 내용에 어울리는 성경 구절을 인용하며 기도하시는 장로님이나 권사님들을 보면 주눅이 들기도 한다. 그래도 나의 기도는 매일 진행 중이다.

7월 5일, 충북 제천시에 있는 모 연수원에서 강의를 했다. "소통으로 리드하라."라는 제목으로 2시간 동안 하는 강의였다. 내 고향에서 처음으로 하는 기업 교육 강의라 설레는 마음으로 철저히 준비하고 연습했다. 물론 강의 잘하게 해 주십사고 하나님께 드리는 매일의 기도도 빼먹지 않았다.

스티브 잡스에게 기자들이 '완벽한 프레젠테이션'의 비결을 물었더니, "리허설, 리허설, 리허설!"이라고 대답했다고 한다.

나도 리허설을 참 많이 한다. 반복 연습을 하는 동안 부족한 점을 보완해 나갈 수 있기 때문이다. 그러나 연습 외에, 현장에서 맞닥뜨리게 되는 변수가 생길 수 있다. 그때는 연습을 통해 자신감이 확보되면, 그런 돌발 상황도 문제 되지 않으리라고 생각했다.

그날은 강의장 앞줄에 외국인 두 명이 앉아 있었고, 그 사이에 통역사가 앉아 있었다. 통역사는 내가 말하는 내용을 높은 톤으로 쉴 새 없이 전달했다. 강의 중에 관계자에게 눈치를 주었지만, 아무 소용이 없었다. 내 목소리의 톤만 올라가고 속도가 빨라졌다. 결국 온몸이 땀범벅이 되어서 강연을 마쳤지만, 2시간이 20시간처럼 느껴졌다. 속이 너무 상했다. 휴게실에서 커피를 마시며 하늘을 올려다보는데, 일그러진 달이 내 모습처럼 처량해 보였다.

늦은 밤에 카카오 스토리에 사연을 올렸더니 많은 분들이 댓글과 문자를 보내왔다.

환난 날에 나를 부르라
내가 너를 건지리니 네가 나를 영화롭게 하리로다.
— 시편 50편 15절

오직 여호와를 앙망하는 자는 새 힘을 얻으리니 독수리의 날개 치며 올라감 같을 것이요

달음박질하여도 곤비치 아니하겠고, 걸어가도 피곤치 아니하리로다.

- 이사야 40장 31절

나의 가는 길을 오직 그가 아시나니 그가 나를 단련하신 후에는 내가 정금같이 나오리라.

- 욥기 23장 10절

참으로 감동이었다. 지금도 너무 힘들어 땅바닥에 주저앉고 싶을 때마다 이 성구들을 꺼내어 주억거린다. 그러고 나면, 마음이 편안해진다.

"아, 지금은 하나님께서 나를 단련시키시는 중이구나. 단련이 끝나면 나를 정금같이 나오게 하시겠지. 많이 두드리시고 나면 최고의 작품으로 만들어 주시겠지."

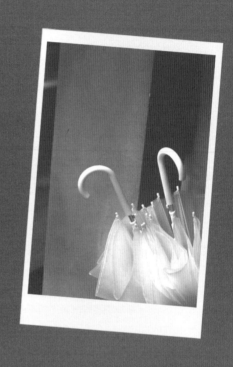

WHAT'S YOUR STORY?

# 05

# 최선을 다한 날

"최선을 다한다는 말을 함부로 쓰지 마라!
최선이란 말은 나의 노력이 나를 감동하게 할 때
쓸 수 있는 말이다."
- 소설가 조정래

가을비가 보슬보슬 대지를 적신다. 감상하기는 좋은 날씨지만, 먼 거리를 운전하고 다니는 강사에게는 불편이 크다.

오늘은 2회 6시간의 강의가 있는 날이다. 크고 오래된 노트북 가방, 소개하고 싶은 책들, 내 핸드백 그리고 우산을 모두 들고 움직이다 보면 어깨가 끊어질 듯이 아프다.

아침에 계획된 강의를 마치고, 어느 분이 주신 가래떡을 차에서 먹으며 다음 강의장으로 향했다. 그런데 도착해서 보니까 기가 막힐 일이 벌어졌다. 빔프로젝터도 고장이 났고, 마이크도 안 되고, 화이트보드도 없었다. 다양한 분야를 강의하는 강사들이 대상이었는데, 제목은 '열정을 말하라'였다.

최악의 조건이었지만, 강의 제목에 걸맞게 주어진 환경에서 다른 어느 때보다도 더 열정적으로 강의했다. 그런데 3시간 동안 기적 같은 일이 일어나고 있었다. 청중이 마치 한 사람처럼 몰입하며 놀라운 집중력을 보여 주었던 것이다. 강사와 청중의 마음이 뜨겁게 교감하는 것을 느꼈다. 울고 웃으면서 우리는 하나가 되었다.

나는 최고의 청중을 만났고, 따라서 최고의 기쁨을 맛보았다. This is as good as it gets!(이보다 더 좋을 순 없다!) 강의 후에 미술 교사 한 분이 내 손을 잡으며 "강사님, 정말 최고의 강의였어요. 최선을 다하는 모습에 감동하였어요."라고 말했다.

"최선을 다하라!"거나 "최선을 다했다!"는 말은 자주 하기도 하고 듣기도 하는 말이다. 과연 어느 정도 했을 때 최선을 다했다고 할 수 있을까?

① 이 정도면 됐다고 스스로 만족할 때?

② 결과가 원하는 대로 나타났을 때?

③ 몸에 남아 있는 에너지를 다 소진했을 때?

④ 다른 사람들이 나의 노력을 인정해 줄 때?

소설가 조정래 선생님은 이렇게 말씀하셨다.

"최선을 다한다는 말을 함부로 쓰지 마라! 최선이란 말은 나의 노력이 나를 감동하게 할 때 쓸 수 있는 말이다."

명언이다. 그리고 오늘 나는 나를 감동하게 했으므로 즉 최선을 다했으므로, 나 자신에게 힘찬 박수를 보내고 싶다!

WHAT'S YOUR STORY?

# 06

## 꽃이 된 '상처'

"생각해 보니 내가 겪은 역경은 축복이었습니다.
가난했기에 성냥팔이 소녀를 쓸 수 있었고 못생겼다고 놀림을
받았기에 '미운 오리 새끼'를 쓸 수 있었습니다."
                                                    - 안데르센

상처 입은 독수리들이 모였어요.
왕따당한 독수리, 배신당한 독수리, 시험에 떨어진 독수리, 사업에 실
패한 독수리들이 모였어요.
저마다 자기가 제일 불행하다고 생각했어요.
"이렇게 사느니 차라리 죽는 게 낫다. 죽자!"
모두 죽음의 언덕 밑으로 몸을 던지려는 찰나
저 멀리에서 영웅 독수리가 날아왔어요.

"야, 너희들 지금 뭐 해?"

"너무 살기 힘들어서 같이 죽기로 했습니다."

그러자 영웅 독수리가 큰 날개를 펴서 몸 곳곳에 있는 상처들을 보여주었어요.

"이건 솔가지에 찢겨 생긴 것이고, 이건 다른 독수리가 할퀸 자국이지.

이건 비바람에 상한 것이고

보이지 않지만, 마음의 상처는 훨씬 더 많아. 상처 없는 새가 어디 있니?

태어나자마자 죽은 새들만 상처가 없을 거야.

그러니, 자 일어나 날자!"

- 정채봉의 《멀리 가는 향기》 중에서 -

1.

도무지 끝날 것 같지 않던 여름이 지나고, 가을이 제법 모양새를 갖추어서 맑은 얼굴을 쏘옥 내민다. 푸르른 9월의 어느 날, 오전 강의를 마치고 지인들과 만난 후 서울 강남에 있는 스칼라티움으로 향했다. 개그맨 출신 고혜성 씨의 북 콘서트에 참가하기 위해서이다. 그는 이번에 《위기는 위대한 기회다》라는 책을 출간한 기념으로 강의도 하고 사인회도 갖는다.

그분의 강의는 내가 감히 평가할 수 없을 정도로 훌륭했다.

'자신감 대통령'이라는 별명이 붙을 정도로 당당한 목소리, 파워풀한 액션과 표정, 간간이 박장대소하게 만드는 유머, 쉽고 재미있게 전하는 분명한 메시지, 그리고 장신長身에서 뿜어져 나오는 뜨거운 열정이 느껴졌다.

또 무엇보다도 역경을 이겨 낸 그의 '인생 스토리'는 우리를 울게 하기에 충분했다.

가난했던 집안 형편 때문에 8살 때부터 우산 장사를 시작했고, 그후 리어카를 끌고 다니며 여러 가지 물건들을 팔았다. 20대가 되어 신문 배달, 막노동, 퀵서비스, 대리운전, 운전기사까지 닥치는 대로 일을 한다.

개그맨이 되는 꿈을 이루려고 서울로 상경하여 도전했지만, 매번 떨어졌다. 그러다가 간판 제작 일을 하던 중에 3층에서 떨어져 양쪽 발뒤꿈치뼈가 부서지는 바람에 의사로부터 '영구 장애' 판정을 받는다.

그런데 진짜 이야기는 그다음부터이다. 이런 시련을 딛고 다시 일어나는 기적 같은 일이 벌어진 것이다. 반드시 걷고야 말겠다는 의지와 '할 수 있다'는 믿음과 끊임없는 연습을 통하여 마침내 다시 걸을 수있게 된다.

그 후에도 지칠 줄 모르는 도전은 계속되었다.

마침내 개그맨 시험에 응시한 지 7년이 지나서 32살이라는 늦은 나이에 KBS 특채 개그맨이 되었다. 꿈이 이루어진 것이다! 그는 1년에 700여 권의 책을 읽으면서 그동안 좌절할 때마다 스스로를 바로 세워 나갈 수 있었다고 한다.

그는 《자신감 대통령》, 《칭찬 사전 1000선》, 《유머 시집》, 《세상에 안 되는 건 없다》 등 4권의 책을 출간했다. 그 후 여러 곳에서 강의 의뢰가 들어오면서 지금은 강사로서의 성공 가도를 달리고 있다. 방송에서보다 작가와 강사로서 더 주가를 올리고 있는 셈이다.

그가 하는 강연에는 본인의 삶이 고스란히 녹아 있다. 직접 겪었던 크고 작은 위기들, 그때마다 새롭게 태어나기 위해 치열하게 몸부림쳐야 했던 이야기를, 듣는 이들은 이가 아릴 때의 통증을 느끼면서도 앉은 채로 그냥 듣고 있어야 했다.

나는 감동을 하면 절대로 소리를 내지 않고 침묵하는데, 그의 강연은 오랜만에 나를 침묵하게 했다. 큰 선물을 받은 듯 행복한 미소를 머금고, "이미향 님, 위대한 기회가 올 거예요."라는 그의 사인이 들어 있는 책을 꼭 품고서 집으로 돌아왔다.

집에 오자마자 첫 장을 활짝 펼쳐 보았다. 프롤로그에 담긴 맹자의 글이 눈에 띈다.

"하늘이 그 사람에게 큰 사명을 내리려 할 때는 반드시 먼저 그의 마음과 뜻을 흔들어 괴롭히고 뼈마디가 꺾어지는 고통을 당하게 하고 그의 생활을 궁핍하게 하며 그가 하는 일마다 어지럽게 하나니, 이는 그의 타고난 작고 못난 성품을 두들겨서 참을성을 길러 주어 지금까지 할 수 없었던 일도 능히 할 수 있게 하기 위함이다."


2.


십년지기 벗이 있다. 그녀는 시 낭송가이자 시에 관한 강의를 하는 강사이다. 풀꽃 같은 그녀는 항상 詩시의 향기로 주위를 환하게 만든다. 마치 시의 조향사調香師 같은 그녀의 이름은 '김연주'.

화창한 어느 날, 우리는 모처럼 점심시간에 만났다. 요즘 한창 뜨는 퓨전 음식 '쭈꾸미 퐁듀'를 먹고 아래층 커피숍으로 내려갔다. 구두도 벗고 거방지게 앉아 이런저런 이야기꽃을 피웠다. 한창 말하고 있는데, 갑자기 내 눈에서 눈물이 찔끔찔끔 새어 나왔다. 전날 있었던 일이 생각났기 때문이다.

어느 선배가 돈을 빌려 달라고 부탁했다. 내게도 그만한 돈은 없었지만, 사정이 하도 딱했다. 그래서 장기 대출을 받아서 빌려줬다. 그런데 이런저런 거짓말을 하면서 약속을 지키지 않았다. 2년이 지났지만, 사과는커녕 오히려 당당하게 나오는 모습을 보고 분노가 치밀었다. 나는 경제적으로 심적으로 크게 타격을 받았다. 심신이 많이 아팠지만, 아무한테도 말을 못한 채 혼자서 끙끙거리고 있었다.

"연주야, 나 또 상처받았어. 그렇게 믿었던 사람이… 어떻게 나에게 그럴 수가 있니?"

"그런 일이 있었구나. 네가 얼마나 답답하고 속상하겠니? 그런데 미향아, 현명한 사람은 넘어질 때마다 한 가지씩 줍는다고 하더라. 이번 일을 통해서 너도 한 가지 깨달은 게 분명 있을 거야. 그리고 너의 이야기를 들으면서 '그동안 너를 힘들게 했던 상처들이 너를 더욱 아름답게 만드는 건 아닐까?' 하는 생각을 했어. 너는 상처가 참 아름다운 사람이야. 너를 보면 생각나는 시가 있는데, 음 제목이… 저녁까지 찾아서 보내 줄게."

"인간이 된다는 것은 상처를 진주로 바꾸는 것이다", 힐데가르트 폰 빙엔Hildegard von Bingen의 말이다. 상처를 긍정적으로 변화시킬 줄 아는 지혜를 갖는 것이 중요하다는 말일 게다. 짧지만 깊은 울림이 전해지는 명언 중의 명언이다.

"내가 만약 누군가 마음의 상처를 막을 수 있다면, 헛되이 사는 것 아니리. 내가 만약 한 생명의 고통을 덜고 기진맥진해서 떨어지는 울새 한 마리를 다시 둥지에 올려놓을 수 있다면, 헛되이 사는 것 아니리."_에밀리 디킨슨

장영희 교수님의 《문학의 숲을 거닐다》 52쪽에 나오는 말이다. 이 책은 내가 가까이 두고 생각날 때마다 읽으면서 위로를 얻는 책들 가

운데 하나이다.

"카톡!"

연주를 만났던 그 날 늦은 밤에 짧고 경쾌한 음이 지친 나를 깨웠다.

"미향아, 너에게 들려주고 싶었던 시가 바로 이거야!"

오래 피가 멎지 않던
상처일수록 꽃향기가 괸다
오래된 누이의 화상을 보니 알겠다
향기가 배어나는 사람의 가슴속엔
커다란 상처 하나 있다는 것

잘 익은 상처에선 꽃향기가 난다.

복효근 시인의 〈상처에 대하여〉이다.

'힐링'이라는 말이 아직도 유행어처럼 번지고 있다. 도대체 우리는 무슨 상처들을 껴안고 살기에 그 단어에 그토록 열광하는 걸까? 갑자기 걸림돌에 걸려 넘어지고 가시덤불에 다칠 때마다 사람들은 저마다 아픔을 쏟아 낸다. 단언컨대, 지금까지 보아 온 인간다운 삶을 만들어 나가는 사람 중에 상처 없는 사람을 본 적이 없다.

고양시에서 강의했을 때, 어느 어르신이 하신 말씀이 생각난다.

"이미향 선생님의 삶이 빛나는 이유는 그 속에 상처가 많이 있기 때문이에요."

## 07

# 행복한 삶을 위한 소고<sup>小考</sup>

"삶의 의미는 발견하는 것이 아니라
만들어가는 것이다."
- 생텍쥐페리

동생 은진이가 우리 집 근처에 새로 개장한 '홈플러스 문화 센터'에서 소설가 공지영 씨의 특강이 있다는 정보를 알려 주었다. 은진이는 강사인 나에게 유익한 책이나 강연이 있으면 곧잘 알려 주곤 한다.

덕분에 행복한 삶을 위해 자신을 어떻게 만들어 나가야 하는지, '나 사랑법'에 관한 내용을 1시간 30여 분 동안 들을 수 있었다.

"아! 글 속에서만 만났던 아름다운 작가를 이렇게 직접 만나게 되다니!"

공지영 작가의 오랜 팬으로서 감개무량하였다. 그녀의 목소리도 아름다웠다. 내면과 외면이 다 아름다운 작가였다.

강연 후에 동생이 "언니, 참 좋았지? 행복한 삶에 대해 깨달은 게 있는 시간이었어?… 언니 에세이에 내 생각이 실리면 참 좋겠다."라고 말했다. 며칠 후에 아래 내용을 담은 동생의 메일이 도착했다.

[메일 내용]

워킹맘으로 직장과 가정일에 눌려 지쳤을 때, 나의 고정된 삶과 역할에서 벗어나고 싶은 마음이 간절했다. 쉼이 절실히 필요했다. 그래서 온전한 휴식과 변화를 기대하면서 아이들과 함께 필리핀으로 떠났다.

홈스테이와 영어 캠프를 겸한다는 현지 아주머니만 믿고 갔더니 실망스러운 일이 한둘이 아니었다.

우선, 개인 튜터의 실력과 성실성이 문제였다. 영어 발음과 억양이 필리핀 식인 데다가 약속 시각을 어기기가 일쑤였다. 또 마닐라 한복판에 숙소가 있어서 교통 체증으로 소음과 공해에 시달려야 했다.

거리엔 갖가지 오물들로 악취가 진동했으며 인도人道는 구걸하는 거지들과 노점상들이 차지하여 지나다니기도 어려웠다. 그러니 아이들은 꼼짝없이 집에만 있어야 했다. 아주머니가 연결해 준 아이들의 학교도 특히 시설 면에서 실망이 컸다.

그래서 더 좋은 숙소와 환경과 학교를 찾아서 떠나기로 결심했다. 그곳에 있는 한인들의 도움과 인터넷 정보로 안전하고 쾌적한 거주지와 학교를 찾을 수 있었다. 그 과정에서 필리핀 현지인과의 갈등과 오해로 시행착오도 겪었고 적지 않은 돈을 낭비하기도 했다.

아이들을 필리핀 사립학교 국제 반에 입학시켰지만, 영어에 익숙지 않았기 때문에 적응하는 데 시간이 오래 걸렸다. 일찍 일과가 시작되는 더운 나라의 특성상 아침 5시에 일어나 밥을 먹이고 점심 도시락을 준비해서 6시에 오는 스쿨 버스에 태워야 했다. 가끔 생기는 친구들과의 문제로 선생님께 상담 편지도 써야 했다.

메이드가 있어서 가사家事에서 벗어날 수 있다는 것이 내가 필리핀으로 온 이유 중 하나였다. 그러나 실제로 와서 보니 그도 만만찮은 일임을 알게 되었다. 몇몇 메이드는 자존심이 강하여 그들의 기분을 맞춰 주느라 애를 먹었다. 그러다가 일에 겨우 익숙해질라치면 사전 양해도 없이 그만두기 일쑤였다. 결국 파트 타임 메이드의 도움을 받을 수밖에 없었으니, 오히려 신경 쓸 일이 더 늘어난 셈이다.

1년간의 필리핀 생활을 마치고 공항으로 들어설 때 들렸던 우리말이 어찌나 정겹고 편하던지!

지난 10여 년 묵은 짐을 내려놓고 온전한 쉼을 찾아 떠났지만, 어디에도 내가 바라던 쉼은 없었다. 직장에서 받는 스트레스만 사라졌을 뿐이었다. 그 대신 또 다른 스트레스와 염려가 기다리고 있었다.

그 후로 2년간 육아 휴직으로 집에서 아이들을 돌보며 지내다 보니, 전업주부로서 해야 할 역할이 그다지 매력적이지 않다는 사실을 깨닫게 되었다. 나는 가사에 특별한 재주도 열정도 없다. 그래서 집에서 거의 시간을 보내면서 우울해질 때도 있었다.

다른 나라나 다른 곳에서 사는 것이 나를 변화시키거나 행복하게 해 주지는 않는다. 내가 변하지 않으면, 어디에서 살더라도 그 모양은 비슷하다. 직장과 육아로 한창 바쁠 때는 집에서 쉬는 엄마들이 부러웠다. 그런데 막상 몇 년간 쉬어 보니 생활이 무료해지고 활기가 없었다.

우리는 모두 행복을 추구하며 살아간다. 정신없이 일에 쫓기는 삶도 지나치게 여유로운 삶도 진정한 행복을 가져다주지는 않는 것 같다. 어느 정도의 스트레스에 노출되어 긴장하고 집중하는 시간이나 반대로 아무 생각 없이 노니는 시간도 필요할 것이다. 상반된 두 가지 면이 서로에게 가치 있는 의미를 부여한다고 할까?

어느 한쪽에 치우친 삶을 동경하는 것은 옳지 않다. 내게 없는 것을 바라며 그에 비추어 나를 비관하지 말자. 나를 피하여 갈 곳이 어디 있겠는가? 내게 주어진 시간의 주인은 바로 나이기 때문에 주어진 환경에서 나를 변화시키는 것이 옳다.

나는 곧 직장에 복귀한다. 이전보다 성숙하고 지혜로운 모습으로 그리고 열정적으로 주어진 일을 해 나가야겠다. 앞으로의 쉼은 짧아지겠지만, 불평 대신 감사하는 마음으로 쉼을 만끽할 것이다. 이 세상에서 제일 행복한 사람이 된 것처럼.

# 08

# 긍정의 힘!

" '부탁합니다' 와 '고맙습니다' 는 마법의 말이다.
만일 당신이 좋은 일이 생기기를 바란다면
그 말을 하면 된다."
- 필 파커(Phil Parker)

1.

좋아하는 개그 프로그램이 있었다. 바로 KBS 〈개그콘서트〉이다.
프로그램의 여러 코너 중에서 제일 재미있었던 건 "감사합니다" 코너
였다.

개그맨 정태호, 송병철, 이상훈 등이 출연한 이 코너는 매우 신선하
고 재미있었다. 비트 있는 음악과 함께 "감사합니다~ 감사합니다~"를

연발하며 출연자들이 각자의 상황에 대해 감사하는 내용을 담고 있었다. 반복되는 대사와 중독성 있는 비트로 참 많은 인기를 얻은 코너였다.

이 프로가 한창 주가를 올릴 즈음에 내 남동생이 결혼했는데, 회사 동료들이 축가 대신에 이 코너를 패러디해서 한 바탕 하객들을 웃게 하였다.

노래마다 "감사합니다~ 감사합니다~ 영어로 땡큐Thank you, 중국어로 셰셰謝謝, 일본어로 아리가또ありがとう 라고 하지요~"라는 가사로 시작된다. 그다음 이어지는 내용들은 다음과 같다.

"학교 가는데 / 지각했는데 / 선생님께 혼날까 봐 무서웠는데 / 선생님이 출장 가셨네 / 감사합니다. 아 감사합니다."

"야한 사이트 / 몰래 보려고 / 우리 아빠 주민등록번호 입력했는데 / 우리 아빠 우수 회원 / 감사합니다. 아 감사합니다."

"나이트에서 / 다른 여자랑 / 춤을 추고 놀았는데 / 향수 옷에 배었는데 / 여자 친구 같은 향수 / 감사합니다. 아 감사합니다."

처음엔 억지웃음을 유발하는 그렇고 그런 프로라고 생각했다. 그런데 계속 들으면서 일상의 소소한 것들에 감사할 줄 알고 매사를 좋은 쪽으로 받아들이려는 긍정의 마인드가 담겨 있음을 느낄 수 있었다. 갈수록 팍팍해지는 세상을 사는 데 꼭 필요한 지혜가 아닌가 싶다. 자 칫 부정적인 흐름이 대세大勢를 이루기 쉬운 우리 사회에 '긍정 바이러 스'를 퍼트리는 데 일조한 공로가 분명 있다는 생각도 들었다.

'감사'라는 단어의 사전적 의미는 '고맙게 여기는 마음'이다. 영어의 'gratitude감사'에는 'pleasing즐거운, 기분 좋은'이라는 의미가 들어 있다. 따라서 누군가에게 감사한다는 것은 그 사람을 기쁘게 하는 것이다.

심리학자인 필 파커Phil Parker도 " '부탁합니다'와 '고맙습니다'는 마 법의 말이다. 만일 당신이 좋은 일이 생기기를 바란다면 그 말을 하면 된다."라고 '긍정의 힘'을 함축된 짧고 강렬한 문장으로 갈파하였다.

2.

세계에서 가장 성공한 여성을 꼽으라면 많은 사람들은 주저 없이 '오프라 윈프리'를 말할 것이다.

전 세계 1억 4,000만 시청자를 울리는 토크쇼의 여왕으로, 영화배 우로, 또 자산 6억 달러의 부자이자 미국인이 가장 존경하는 여성으 로서 사랑과 존경을 온몸에 받고 있는 그녀이다.

그러나 그녀에게도 어두운 시절이 있었다. 지독하게 가난한 미혼모에게 태어나, 어머니의 품이 아닌 할머니 손에 자라면서 삼촌에게 성폭행을 당하게 된다. 14세에 출산과 동시에 자신의 어머니와 같은 미혼모가 되는데, 태어난 지 겨우 2주 만에 아이가 죽는다. 그런데 이때의 충격이 컸다. 윈프리는 가출하여 마약으로 하루하루를 지옥같이 살면서도 살고자 하는 의욕이 전혀 없는 107kg의 몸매를 가진 여인이었다. 하지만 지금은 어떤가? 그녀는 누구보다도 아름다운 존재로 세계의 정상에 우뚝 서 있지 않은가!

그녀는 풍부한 감성을 소유한 앵커였다. 너무 감정에 치우쳐 뉴스를 진행한다는 혹평을 받고 아침 토크쇼의 진행자가 된 것이 기적 같은 변화를 가져온 계기가 되었다.

메인 뉴스의 앵커에서 토크쇼의 진행자로 자리가 바뀌었을 때, 윈프리는 불평하거나 낙담하는 대신 "내가 설 자리는 오히려 여기인 것 같다"면서 감사하는 마음으로 그 자리를 받아들였고, 최선을 다하여 성공했다. 이처럼 긍정과 감사의 힘은 참 대단하다.

세상에서 가장 바쁜 사람 중 한 사람이 된 그녀. 그 와중에도 밥 먹는 일처럼 그녀가 하루도 빼먹지 않고 하는 일이 있다. 날마다 감사의 일기를 쓰는 것이다. 그녀는 하루도 거르지 않고 감사의 일기를 써 왔다.

감사의 내용은 결코 거창하거나 화려하지 않고 오히려 지극히 일상적이다. 하루에 다섯 가지씩 감사할 일을 찾아서 적는 오프라의 감사 일기를 살짝 들여다보았다.

"눈부신 하늘을 볼 수 있게 해 주셔서 감사합니다."

"맛있는 식사를 할 수 있게 해 주셔서 감사합니다."

"이런 좋은 분들 앞에서 강의할 수 있게 해 주셔서 감사합니다."

"얄미운 짓을 한 동료에게 화내지 않았던 저의 참을성에 감사합니다."

"좋은 책을 읽었는데, 그 책을 써 준 작가에게 감사합니다."

매일 감사의 일기를 쓰면서 오프라는 무엇을 배울 수 있었는가? 첫 번째는 인생에서 소중한 것이 무엇인지를 배우고, 두 번째는 삶의 초점을 어디에 맞춰야 하는지를 배웠단다. 감사하는 습관이 현재의 그녀를 만든 원동력이 된 셈이다.


3.


나는 SNS 중 카카오 스토리를 즐긴다. 직접 대면할 수는 없어도 소통할 수 있으며, 다양한 사람들의 삶의 이야기를 엿볼 수 있기 때문이다.

그런데 항상 똑같은 형식으로 스토리를 전하는 분이 있어서 인상적이다. 그분이 바로 김윤관 대표님이다. 김윤관 씨는 ㈜지이스터디 인재교육 대표 이사이자 비영리법인 희망지기 공동체 대표이면서 4명의 자녀를 둔 아빠이다.

독실한 기독교 신자인 그는 매일 '감사의 글'을 카카오 스토리에 올린다. 또 본인뿐만 아니라 아이들도 감사 노트를 쓰게 한다. 아래에 몇 개의 글을 올려 본다.

### # 2014년 8월 4일 237회 감사 노트

1. 출근할 수 있는 사무실이 있어서 감사합니다.

2. ㈜지이스터디 인재교육 식구들과 경영 이념을 외치고, 꿈 너머 꿈을 함께 공유할 수 있음에 감사합니다.

3. 퇴근했는데, 사랑하는 아이들이 너무 좋아하고, 뽀뽀해 주고, 허그까지 해 주어 감사합니다.

4. 사랑하는 딸 지혜가 오빠랑 잘 지내고, 오빠는 동생을 잘 보살피게 해 주셔서 감사합니다.

5. 사랑하는 자녀들이 스스로 감사 노트 작성하게 해 주셔서 감사합니다.

### # 2014년 8월 3일 감사 노트

1. 사랑하는 가족과 함께 교회에 가서 남무섭 목사님 말씀 듣고, 나도 할 수 있다는 용기와 도전을 주셔서 감사합니다.

2. 사랑하는 세은딸이 스스로 매일 성경책 10장 읽고 QT 하고, 하루에 5가지 감사 노트 작성하게 되어서 감사합니다.

3. 사랑하는 지혜딸가 혼자 스스로 앉을 수 있어서 감사합니다.

4. 사랑하는 아이들이 십계명 중에서 1번, 2번째를 10번 외칠 수 있어서 감사합니다.

5. 사랑하는 아이들이 삼국지 책을 읽고, 너무 좋아하는 모습 보게 되어 감사합니다.


김윤관 씨는 자신과 주변의 모든 상황에 대해 감사하는 마음으로 감사 노트를 적는다. 내용을 보면, 대단하거나 그다지 놀랄 만한 일도 아니고 감사할 거리도 아닌 것 같은데, 일상에서 만나는 소소한 것들에 늘 감사하면서 살아가는 것 같다. 한국판 '오프라 윈프리'를 보는 느낌이다.

따라쟁이인 나는 이분의 글을 본 후로 나도 감사 노트를 적기 시작했다.


4.


나는 강의 중에 꼭 치유적 글쓰기 활동을 한다.

한 번은 "보이는 무엇이라도 감사하라!"는 주제로 강의한 적이 있다. 작은 카드에 " ~ 에 감사합니다."라는 형식으로 5가지를 써 보라고 했더니, 어떤 분이 "선생님, 도대체 감사할 거리가 있어야 감사하죠."라고 했다.

"자신의 주변에서 잘 찾아보세요. 우선 가까이에서 보면, 지금 이렇게 저를 만나 좋은 강의를 듣게 된 것도 감사하지 않나요?"라고 했더니, 배시시 웃으시면서 펜을 들었다.

아무리 많은 것을 가지고 있어도 스스로 알지 못하고 깨닫지 못하면 감사를 느낄 수 없다. 남보다 더 많이 가지고도 불평과 불만으로 가득 찬 사람이 있는가 하면, 조금 가지고도 감사하는 마음으로 늘 노래하는 사람이 있다.

다음은 후자에 해당하는 좋은 예가 될 것이다.

우리 교회 앞에 '비전 구둣방'이 있다. 그곳에는 구두 닦는 일을 하시는 50대 남자 집사님이 계시다. 오래전에 교통사고를 당하여 하반신을 못 움직여서 휠체어를 타고 다니신다.

예배드릴 때, 그분은 항상 맨 앞자리에 앉아서 두 손을 번쩍 쳐들고 "아멘! 감사합니다!"를 연발하신다. 그 우렁찬 목소리가 얼마나 은혜가 되는지 모른다. 찬양할 때도 박수를 어찌나 힘차게 치시는지 주변 사람들도 덩달아 신이 난다. 역시 좋은 에너지는 전염성이 있는가 보다.

'감사'라는 두 글자를 실은 휠체어가 교회 안을 누비고 다닐 때는 밝고 경쾌하기까지 하다. 그분의 얼굴에도 잘 닦은 구두처럼 반짝반짝 빛이 돈다.

감사에는 세 종류가 있는데, 첫째는 '만일if'의 감사, 둘째는 '때문에 because' 감사, 셋째는 '그럼에도 불구하고in spite of'의 감사이다. 그중에 '그럼에도 불구하고'의 감사를 실천하시는 집사님은, 오늘도 내일도 자신만의 아름다운 삶을 만들어 나간다.

한 소녀가 산길을 걷다가 나비 한 마리가 거미줄에 걸려 버둥거리는 모습을 발견했지. 소녀는 불쌍한 생각이 들었어.

소녀는 가시덤불을 헤치고 나비를 구해 주었어. 가시에 긁혀 팔과 다리에서는 피가 흘러내렸지.

멀리 날아간 줄 알았던 나비가 순식간에 천사로 변하더니, 소녀에게 다가와 말했지. "나를 구해 줘 고마워요. 무슨 소원이든 한 가지만 들어줄게요."

"이 세상에서 가장 행복한 사람으로 살게 해 줘요." 소녀는 망설임 없이 말했어. 천사는 소녀의 귀에 대고 뭔가를 소곤거리고는 사라졌지.

그 후로 소녀에겐 행복이 떠나지 않았어. 그녀의 곁에는 언제나 좋은 사람들이 있었고, 모두가 부러운 눈빛으로 그녀를 우러러 보았지.

백발의 할머니가 된 소녀가 임종을 눈앞에 두고 있었어. 사람들은 할머니에게 행복의 비결이 무엇인지 물어보았어. 할머니는 배시시 웃었지.

"내가 소녀였을 때 나비 천사를 구해 준 적이 있었지. 천사는 내 귀에 대고 이렇게 속삭였어. '늘 감사하다고 말하세요.'"

# 09

# 우리들의 슬픈 자화상, '잔혹 동시'

"위대한 사람은,
어린 시절에 상처만 받았다면 자신이
존재할 수 없다는 것을 안다."
— 머레이 캠튼

2015년 3월 30일에 발간된 《솔로 강아지》. 놀랍게도 10살짜리 초등학생이 출간한 시집이다. 문제는 이 시집에 수록된 '학교 가기 싫은 날'이라는 시다.

'학원에 가고 싶지 않을 땐 / 이렇게 / 엄마를 씹어 먹어 / 삶아 먹고 구워 먹어 / 눈깔을 파먹어.'

이 시는 '잔혹 동시'라는 이름으로 한동안 인터넷 검색어 순위에 오르내렸다.

차마 다시 옮기는 것조차 마음이 불편하다.

이토록 잔인한 표현이 가족인 엄마를 향해 있다니. 기가 막힌다. 매일매일 학원으로 등 떠밀며 공부를 강요하는 가혹한 엄마들에 대한 적개심, …섬뜩하다.

더 엽기적인 것은, 폭력적인 표현과 함께 여자아이가 어머니로 보이는 쓰러진 사람 옆에서 심장을 뜯어먹고 있는 삽화다.

사람들의 간담을 서늘케 하는 이 동시와 삽화는 순식간에 세상을 발칵 뒤집어 놓았다.


우선, 출판사가 문제다.

이 출판사는 어린이를 대상으로 책을 출간해온 중견 출판사다. 그런데 이런 출판사가 이러한 시에 자극적인 삽화까지 넣어서 문제를 더 키웠다. 이 삽화를 보는 우리 어른들도 기가 찰 노릇인데, 아이들이 얼마나 충격을 받을지 생각을 해야 했다.

출판사의 모습은 비판받아 마땅하다.

사태가 어찌 됐든 아이들의 세계는 보호받아야 한다. 어른들도 그렇지만 아이들은 스스로 인지하지 못하는 사이에 말과 행동에 자제력을 잃게 되기 때문이다.

네티즌들은 아이의 정신 상태와 연결해서 '사이코패스'라느니 '패륜아'라느니 비난을 쏟아냈다.

부모도 정신과 치료를 받아야 한다고 손가락질을 했다.

김지은 아동 문학 평론가는 "아이는 엄마로 대변되는 사회적 압력이 싫다고 말한 것"이라고 말했다.

진중권 교수는 자신의 트위터를 통해 "꼬마의 시 세계가 매우 독특하다. 우리가 아는 그런 뻔한 동시가 아니다."라고 했다.

또한 강남순 미국 텍사스크리스천대 교수는 〈통제와 규율 사회의 위험성 : '잔혹 동시' 논란을 보며〉라는 칼럼을 통해 "지독한 비정상적 세계 속에서 살아가면서 너무 아프다. 시로서 표현하는 아이를 오히려 비정상이고 잔혹하다며 치명적인 상처를 줬다"고 비판하기도 했다.

이 시를 쓴 아이는 이제 겨우 초등학교 4학년이다. 칭찬이든 비난이든 어린아이가 이러한 온갖 평가들을 어찌 감당할 수 있을까?

아이는 "시는 시일 뿐인데, 어른들은 심각하게 받아들인다."라고 말했다 하니, 이 시로 호들갑을 떠는 어른들보다 낫지 않은가 하는 생각이 드는 것도 사실이다.


생각해 보자. 솔직히 아이들의 머릿속에서는 무슨 일이든지 일어날 수 있다. 그것이 아이들이다. 그렇기에 상상의 세계 속에서 아이는, 부모라는 대상을 향해 차마 입에 담을 수 없는 말과 행동도 가능하다. 그리고 글로 당연히 옮길 수도 있다.

나도 초등학교 때, 엄마가 불같이 화를 낸 날에 "우리 엄마 뇌에 오늘도 불붙었다."라고 그림일기에 적고, 빨간색으로 엄마의 얼굴을 마귀할멈처럼 그린 적이 있다. 그래서 선생님께 혼났던 기억이 있다.

아이의 마음을 시에 담는 것이 뭐 어떤가. 단언컨대 해당 시를 쓴 아이에게는 아무런 잘못이 없다. 굳이 아이에게 잘못이 있다고 하자면, 그저 자신의 감정을 솔직하게 가감 없이 드러낸 것뿐이다. 어떤 의미로든, 이 어린 시인을 비난할 생각은 추호도 없다.

일본 배우 기타노 다케시는 이런 말을 하였다. "가족이란 남들이 보지 않으면 어딘가로 내다 버리고 싶은 존재"라고. 오죽하면 이런 말을 했을지 이해가 간다. 어쩌면 이 아이의 시와 조금 맞닿아 있는 정서가 아닐까? 가족은 가장 가까이 있기 때문에 가장 소중한 존재이면서도 동시에 가장 큰 슬픔의 근원이 되기도 한다.

이 문제는 '잔혹한 동심'보다 '잔혹한 엄마'에서 원인을 찾아야 하지 않을까? '잔혹한 엄마' 속에 우리 어른들이 포함됨은 물론이다.
아이의 엄마는, 얼마 전에도 그림책을 펴낸 작가인데, 그녀의 인터뷰 기사를 보았더니,
"엄마한테 이럴 수 있나 싶었지만, 생각할수록 아이의 발상이 재미있어 웃음이 나왔다. 딸아이에게 잘 썼다고 칭찬도 해 줬다. 아무래도

딸아이가 엽기 호러물과 추리 소설을 좋아하기 때문에 이런 발상을 하게 된 것 같다"고 이야기했다.

하지만 딱 거기까지만이어야 했다.

출판을 선택한 엄마의 잘못은 매우 크다. 출판이 과연 옳은 선택이었을까? 나도 세 권의 책을 출간한 바 있는데, 시장에 작품을 내놓는 순간에 작가로서의 책임이 따른다는 것을 숙고해야 한다. 응당 엄마로서 또한 책을 내 본 작가로서 이를 모를 리 없다. 그런데도 아이의 시를 출간한 저의가 무엇인지 의심스럽다. 혹 10세 아이를 시인으로 만들기 위해? 그렇다면, '잔혹한 엄마'이다. 그리고 보니 '잔혹'과 '엄마'가 참 잘 묶이는 단어 같다.

출판사의 문제 또한 짚어야 한다. 이 시는, 그 아이의 시 세계를 이해하는 부모와 독특한 심안을 가진 성인 독자들만 존재한다면 출판을 막을 필요는 없다.

그러나 초등학교 아이들이 버젓이 읽을 수 있게 해 놓고, 아이들이 자유롭게 읽고 판단하라고 하기에는 명백히 출판 윤리를 저버린 행동이다. 어린이가 자신의 마음을 글로 솔직하게 표현하는 것은 자유라지만, 출판은 신중하게 이루어져야 하는 것이 마땅하다. 그렇기에 출판한 저의를, 이러한 시를 실어 상업적 이득을 취하려 한 것에서 찾을 수밖에 없다.

출판사도 그렇고, 그 아이의 엄마도 문제이지만, 또 이 잔혹한 시를 읽으며 더욱 충격적인 것은 우리 어른들의 괴이한 모습이다. 초등학교 4학년 아이에게 온갖 삿대질을 해대는 어른들의 모습은 그야말로 기괴하기까지 하다. 우리가 모두 보다 정직하게 잘못을 인정하고, 시나 그림이 가진 '끔찍함'을 넘어 우리 자신과 사회를 차분히 성찰하는 성숙함을 가져야 마땅하다.

한국은 OECD 기준 10대 자살률 1위인 국가다. 잔혹 동시 '학원 가기 싫은 날'은 세상의 눈치를 보느라 아이들을 경쟁으로 내모는 어른들에게 외치는 아이들의 살려달라는 외침이다. 아이들을 성적 위주의 무한 경쟁 사회에 가둬 두고 자유롭게 뛰어놀 시간도 주지 않은 채 학원으로만 내몰고 있는 우리 어른들 말이다. 아이는 어른을 비추는 거울이다. 저 아이의 글은 우리 어른들의 엽기적인 초상이다.

아이답게 성장할 수 있게 하지 않고, 동심마저 파괴해 버리는 지금의 현실이 너무 가슴 아프다. 아침에 눈을 뜨자마자 시작되는 빡빡한 일정은, 아이들을 파김치로 만들어버린다.

지난해 통계청이 발표한 청소년 통계로는 초등학교의 사교육 참여율은 무려 81.8% 이른다고 한다. 이러고도 아이들에게 아이들로서 '동심'을 가지라고 할 수 있을까? 이런 아이들이 과연 어떻게 순수하고 밝은 동심을 가질 수 있나?

대신, 잔혹한 동심을 가질 수밖에…

끝내, 이 시가 수록된 시집 《솔로 강아지》를 439권을 회수, 폐기 처분하였다. 책은 세상에 나온 지 고작 40여 일 만에 시장에서 사라지게 된 것이다. 푸르고 푸른 어린이날과 따뜻하고 거룩한 어버이날이 있는 가정의 달 5월에 찬물을 끼얹은 때 이른 호러물이었다.

동시집은 폐기키로 했다지만, 그 시의 파장은 쉬 폐기가 되지 않아야 한다. 이 사태가 우리 사회에 남긴 과제는 반드시 숙고·논의되어야 하기 때문이다.

제발, 아이들이 정서적으로 건강할 수 있도록 '문학'이 상업성에 휩쓸리지 말고 꿋꿋했으면 좋겠다는 바람이다.

우연히 배짱 좋은 동시 한 편을 발견했다.

**나는 어머니가 좋다 / 왜 그냐면 / 그냥 좋다**

〈사랑〉이라는 제목의 이 동시는 시인 김용택 씨가 오래전에 근무했던 섬진강가 운암초등 마암분교의 2학년생 서동수 군이 쓴 것이다.

그냥 좋은 엄마

그냥 좋은 사회

그냥 좋은 세상…


맑고 밝은 세상이었으면 좋겠다. 아이처럼.

# 10

뜨거운 그 이름, 열정을 말하라!

"열정이란 영혼의 태엽과도 같다.
그 태엽을 멈추지 말고 계속 감아올려라. 그러면 당신이 진정으로
필요한 힘을 항상 얻을 수 있을 것이다."

– 나폴레온 힐(Napoleon Hill)

성공적인 삶이란 무얼까?

여기저기서 '성공'이라는 말이 너무 난무한다. 그래 좀 듣기 싫어질 때도 있지만, '성공'이란 두 글자가 여전히 우리의 삶에 유효한 말임은 부인할 수 없다.

성공하기 위해 갖추어야 할 요건들을 말하자면 헤아릴 수 없이 많다. 유머, 자신감, 성실, 창의력, 성품, 인내력, 리더십, 외모, 학력, 대인 관계 등.

그리고 이 모두를 가능하게 하는 것은 바로 '열정'이 아닐까 한다. 열정이 없는 사람은 한 가지 일을 억척스럽게 해내지 못한다. 끈기 있게 모든 자신의 에너지를 쏟아 부을 정도로 혼신을 다하는 열정이 없어서다.

나는 14년 차 강사다.

강사를 꿈꾸는 많은 사람들에게 강사 코칭을 하는 것이 나의 직업이다. 강사가 되기 위해 가장 필요한 것이 무엇이냐?'고 묻는다면 나는 이렇게 힘주어 말한다.

"강사가 되고 싶으신가요. 그렇다면 그 첫 번째는 '열정'입니다!"

열정 넘치는 강의만이 청중의 호응과 감동을 이끌어낼 수 있기 때문이다.

열정적인 사람은 사람들에게 그 기쁨을 느끼는 방법도 가르쳐 준다. 그 사람의 열정적인 모습이 다른 사람을 고무시키기도 하고 나아가 그 에너지를 주위 사람들에게 바이러스처럼 퍼뜨리기도 한다.

'열정이란 단어는 그리스어 엔테오스entheos에서 기원한 것으로, '신' 또는 '초인적인 존재가 가진 힘'이라는 뜻을 가졌다. 웹스터 사전에서는 열정을 '정열 혹은 불타는 열의나 관심'이라고 정의하였다.

미국의 사상가 랠프 월도 에머슨은 "열정 없이 이룰 수 있는 것은 아무것도 없으며, 열정은 위대한 성공을 부르는 원동력"이라고 하였다. 전 세계적인 성공 철학의 거장 나폴레온 힐Napoleon Hill은 "열정이란 영혼의 태엽과도 같다. 그 태엽을 멈추지 말고 계속 감아올려라. 그러면 당신이 진정으로 필요한 힘을 항상 얻을 수 있을 것이다."라고 했다.

열정에 대한 무수한 해석을 살펴보면, 열정이 내포하고 있는 공통의 단어는 바로 '힘'이라는 것을 알 수 있다. 열정은 무엇인가를 이루어 내는 힘을 지니고 있어서다.

열정에 힘이 있다 함은 무엇인가에 온 정성을 다하는 것이다. 갈 마, 도끼 부, 만들 작, 바늘 침, 마부작침磨斧作針이라는 말이 그렇다. 마부작침은 도끼를 갈아서 바늘을 만든다는 말이다. 꾸준히 노력하면 이루지 못할 일이 없다는 말이다.


헨리 포드는 자동차,

피카소는 그림,

에디슨은 전기,

아인슈타인은 과학,

파브르는 곤충,

제인 구달은 침팬지,

오프라 윈프리는 방송,

빌 게이츠는 컴퓨터,

모차르트는 음악,

김연아는 스케이팅,

김재범은 유도,

강수진은 발레,

박세리는 골프.


이 사람들의 공통점은 모두 무엇인가에 온 정성을 다해서 실현한 사람들이다.


르네상스를 대표하는 가장 위대한 예술가요, 지구 상에 생존했던 가장 경이로운 천재 중 한 사람인 미켈란젤로. 그의 작품 중 〈천지창조〉는 5년, 〈최후의 심판〉은 9년이 걸렸다. 심지어 그는 스케치를 무려 2천 번이나 했다고 한다.

한번은 제자들이 보기에 너무 안 되어서 "선생님 좀 쉬면서 하세요"라고 했더니 이렇게 답하더란다.

"죽으면 영원히 쉴 텐데, 살아있는 동안에 일해야지."

이러한 집념, 끈기, 열정이 바로 미켈란젤로라는 위대한 인물과 대작품을 탄생시킨 것이다.


독일 시인 하이네는 유대계 독일인으로 태어났기에 인종적 편견으로 핍박받은 아픔이 있는 시인이었다. 그의 인생은 조국 독일을 떠난 망명 생활, 사랑의 고통, 기독교 개종 후의 고뇌, 하체 마비 등 시련과 아픔의 여정이었다. 하지만 그는 이러한 삶의 옹이에 굴하지 않았고 끝내 '세계 시민'이라는 위대한 칭호를 얻고 사랑받는 시인이 되었다.

그것은 '열정'이 있었기에 가능한 일이었다. 그의 마지막 말이 앞 문장을 증명한다.

"종이와 연필을… 써야지, 써야지."

막다른 죽음 앞에서 하이네가 가쁜 숨을 몰아쉬며 한 말이다. '써야지, 써야지.' 마지막 두 단어를 힘겹게 토하는 하이네의 마지막 숨결엔 쓰고자 하는 열정이 있었다. 마지막 숨까지 작품에 넣어 보려는.


열정적인 삶을 살다간 또 한 사람이 있다. 1960~70년대, 청년 저항 문화의 아이콘이자 문학적 감수성이 빛나는 그 사람, 바로 최인호다.

그는 〈별들의 고향〉, 〈고래 사냥〉, 〈깊고 푸른 밤〉 등 주옥같은 시나리오도 썼다. 지금까지도 최인호의 작품들은 책과 영화, 연극 등 다양한 방법으로 대중과 호흡한다.

그에게 병마가 찾아온 것은 2008년 5월, 하지만 그는 침샘암으로 힘든 상황 속에서도 창작 의욕은 오히려 불타올랐다. 그는 그렇게 2013년 9월 25일, 생의 마지막까지도 펜을 놓지 않았다. 경이로운 기록 35년, 402회로 마친 『샘터』에 연재한 〈가족〉은 병을 앓는 혹독한 고통 속에서 써내려간 작품이었다.

그의 《낯익은 타인들의 도시》여백미디어, 2011도 투병 중 작품이다. 최인호는 항암 치료로 발톱이 떨어져 나갔다. 손톱도 빠졌다. 그는 그

손가락에 골무를 끼우고 떨리는 검지와 중지에 펜을 묶고 글을 썼다. 구역질이 날 때마다 얼음조각을 씹었다. 그렇게 두 달 만에 소설 한 편을 완성했다. 바로 《낯익은 타인들의 도시》이다.

글에 대한 온 정성, 열정이 없다면 불가능한 일이었다. 그의 마지막 말은 "하느님이 오셨다, 주님을 봤다, 됐다, 가자!"였다. 평소에 글 쓰는 것이 가장 행복하다고 말했던 최인호. 그는 향년 68세로 그렇게 우리들에게 열정으로 쓴 소설과 가족을 남기고 떠났다. 그렇게 그는 '영원한 문학청년'이 되었다.

어떻게 해서든 글을 쓰고 싶었던, 그 순수한 열정을 최인호에게서 본다. 그의 마지막 모습이 그의 소설처럼 경이롭고 아름답고 감동적인 것은 그래서이다. 그는 그의 바람처럼 환자 최인호가 아닌 '작가 최인호'로서, 많은 사람들의 마음속에 영원히 남게 될 것이다.

2년 전, 어느 뜨거웠던 여름날이었다. 친한 선배와 파주 출판 단지를 돌아다녔다.

우연히 어느 출판사 앞, 대형 브로마이드 속에 '영원한 문학청년' 최인호가 서 있었다. 나는 돌아서려는 선배의 손을 끌고 한참 동안 그를 쳐다보았다. 그의 눈빛엔 여름의 태양도 녹일 듯한 열정이 있는 듯했다.

안데르센은 이런 말을 했다.

"내가 살아온 삶이야말로 내 작품 최고의 주석이 되리라."

최인호 작가의 열정적인 삶이야말로 그의 모든 작품 중에 최고의 주석이 되어 우리 모두에게 길고 긴 감동의 여운으로 남게 될 것이다.

열정이 가득한 사람들의 이야기는 이 시대를 사는 우리에게, 다시 시작할 수 있는 용기와 희망을 품게 한다. 그들은 인생에서 가장 중요한 것은 돈도 명예도 아닌, '뜨거운 가슴으로 사는 열정의 삶'이라는 가르침을 준다. 그들은 무미건조한 삶을 사는 이들에게 '분연히 일어서라는 열정의 힘'을 준다.

열정은 저절로 주어지지 않는다. 열정은 어떤 특정한 사건이 아니라, 우리 안에 항상 존재하는 에너지다. 마치 광합성을 통해 스스로 자신의 에너지를 만들어내는 식물과도 같이. 우리들은 그 에너지를 열정으로 캐내면 된다.

자! 이제,

"열정!" 그 뜨거운 이름을 외쳐 보자!

WHAT'S YOUR STORY?

# 11

# 나눔은 사명이요, 행복이다

"위대하게 세상을 변화시키는 것만이
우리 모두의 사명은 아니다. 우리는 대부분 위대한 일을
하지 못한다. 하지만 작은 일을 위대하게 해낼 수는 있다."

– 마렌 모리첸

모든 사람은 서로 주고받는 관계에 있다. 서로 주기도 하고 받기도
하는 관계로 사는 것이다. 또한 주고받음의 관계는 가족이거나 친분이
있는 관계에만 국한되지도 않는다. 내가 전혀 모르는 사람이라고 하더
라도 그에게 주고, 또한 받는 것이 있기 때문이다. 이것을 우린 '나눔'
이라 한다.

그렇다면 '나눔'이란 뭘까?

'나눔'이라는 용어를 사용할 때, 중요한 것은 그 의미를 분명히 아는

것이다. 나눔에 있어서 주는 쪽과 받는 쪽이 따로 존재하지 않아야 한다. 즉 '나는 주었고 너는 받았다'는 이런 의식이 있다면 그것은 진정한 의미의 나눔이라고 할 수 없다.

누구에겐가 이런 말을 들었다.

"진정, 나누는 일에는 주는 자도 받는 자도 없어야 한다. 오직 '나눔'만이 있을 따름이다. 그래야 그것이 나눔'이다"라고.

그렇다면 온전한 나눔은 '함께하는 것'이 아닐까?


몇 년 전에, 세움도서관에서 인문학 강의를 들은 적이 있는데,《스토리텔링 인문학》의 저자이신 송태인 교수님께서 여러 나라의 중산층의 기준을 보여 주셨다.


[한국의 중산층 기준]

(직장인 대상 설문 조사 결과)

1. 부채 없는 아파트 30평 이상 소유

2. 월 급여 500만 원 이상

3. 자동차는 2,000cc급 이상 중형차 보유

4. 예금액 잔고 1억 원 이상 보유

5. 해외여행 1년에 1회 이상 다닐 것

[프랑스의 중산층 기준]

(퐁피두 대통령이 "삶의 질"에서 정한 프랑스 중산층의 기준)

1. 외국어를 하나 정도는 할 수 있어야 할 것

2. 직접 즐기는 스포츠가 있어야 할 것

3. 다룰 줄 아는 악기가 있어야 할 것

4. 근사하게 대접할 수 있는 요리 실력

5. '공분'에 의연히 참여할 것

6. 약자를 도우며 봉사 활동을 꾸준히 할 것


[영국의 중산층 기준]

(옥스포드 대학에서 제시한 중산층 기준)

1. 페어플레이를 할 것

2. 자신의 주장과 신념을 지닐 것

3. 독선적으로 행동하지 말 것

4. 약자를 두둔하고 강자에 대응할 것

5. 불의, 불평, 불법에 의연히 대처할 것


[미국의 중산층 기준]

(공립 학교에서 가르치는 중산층의 기준)

1. 자신의 주장에 떳떳할 것

2. 사회적인 약자를 도울 것

3. 부정과 불법에 저항할 것

4. 정기적으로 받아 보는 비평지가 있을 것


비교해 보니 특이한 점은, 우리나라의 기준 사항에는 물질을 가늠하는 숫자들이 등장한다는 거다. 다른 나라들은 우리나라와 기준이 확연히 다르다. 저들은 숫자는 없고 물질이 아닌 정신을 기준으로 삼았다.

특히 미국은 학생 교육에 접목하여 학교 교육이 어떠해야 하는지를 말해 주고 있다.

사회적인 약자를 돕고 자신의 주장에 떳떳하고, 부정과 불법에 저항할 줄 아는 것이 너희들의 길이라고. 바로 저 위에서 말한 '나눔'이 바로 여기에 있다.


사회적 약자를 도우며 살았던, 김우수 씨 이야기를 좀 하련다. 우리 이웃에 있을 것 같은 친근한 사람들의 삶의 스토리는, 언제나 우리에게 감동을 안겨다 준다. 그것은 바로 '나눔'을 통해서였다.

언젠가 TV를 통해 김우수 씨를 보았다. 그는 참 선한 눈빛을 가진 소박해 보이는 남자였다.


– 김우수

1957년에 그는 고아로 버려졌다.

최종 학력은 초등학교 중퇴, 7살에 보육원에 있다가 12살에 가출, 서울역에서 노숙, 구걸하며 살았다.

세상에 대한 분노와 원망으로 행복해 보이는 모든 사람들을 죽이고자 온몸에 휘발유를 뿌리고 분신자살을 기도했던 방화 미수 전과 4범의 남자 -

이 김우수 씨가 교도소에서 수감 생활을 하며 우연히 두 권의 책을 만나게 된다.

이 두 권의 책이 그의 삶의 방향을 완전히 바꾸어 놓았다. 한 권은 성경책이요, 한 권은 초록우산재단에서 발행하는 잡지 〈사과나무〉였다.

이 두 권의 책에서 그는 어떻게 세상을 살아야 하는지를 읽고, 자신처럼 부모 없이 어렵고 힘든 삶을 살아가는 아이들의 사연을 접하게 되었다. 김우수 씨는 마음이 몹시 흔들렸고 자기와 같은 불쌍한 아이들을 돕겠다고 다짐하였다.

김우수 씨는 자신이 번 돈을 처음으로 한 소년을 위해 후원하였다. 그런 어느 날 그에게 편지가 한 통 도착했다. 그것은 후원을 받은 소년이 김우수 씨에게 보내온 "감사합니다"라는 진심 어린 글이었다.

일평생 사랑이 무엇인지, 감사가 무엇인지, 나눔이 무엇인지 몰랐던 그였다. 김우수 씨는 비로소 자신도 남에게 도움을 줄 수 있는 소중한 존재라는 사실을 깨우치게 되었다. 그는 편지를 읽으며 하염없이 눈물을 쏟아냈다.

자신이 누군가에게 감사한 마음을 갖게 할 사람이 될 수 있음을 깨달은 뒤, 우수 씨의 나눔 행보는 더욱 힘찼다.

출소 후에 우수 씨는 짜장면을 싣고 행복을 배달하는, 중국집 배달원으로 새 인생을 출발한다.

그는 겨우 한 평도 안 되는 월 25만 원을 내는 고시원에서 생활했다.

그의 취미는 일주일에 두 번씩 영화를 관람하는 것과 일주일에 한 번씩 자전거로 하이킹을 즐기는 것이다.

중국집 배달원으로 받은 돈은 고작, 월 70만 원이었다. 우수 씨는 그 가운데 매월 10만 원씩 5명의 아이들을 도우며 살았다.

그는 가족이 한 사람도 없지만, 사망 보험도 들어놓았다. 자신이 죽는다고 해도, 돕고 있는 아이들만은 책임지고 싶었기 때문이었다. 사망 보험 수령자도 후원 단체인 어린이 재단 앞으로 해 놓았고, 장기 기증도 약속했다.

2011년 9월 25일, 마치 약속이나 한 듯 그는 배달을 마치고 돌아오던 길에 교통사고로 목숨을 잃는다. 이승에서의 53년이란 고단한 삶은 이렇게 마감하였다.

눈을 감으며 그가 남긴 한 마디는, "감사합니다!"였다.


오늘은 5월 15일 스승의 날이다.

김우수 씨야말로 이 시대에 진정, '나눔'이 무엇인지 '행복'이 무엇인지를 우리에게 가르쳐준 스승 같은 사람이다.

그는 힘든 생을 살았지만, 마지막 몇 해 아이들과 만난 짧은 나눔의 시간들은 행복이었다. 그가 보여준 나눔의 실천은 이후로도 많은 사람들에게 큰 영향력을 미쳤으며, 지금까지도 사회적인 파장은 계속되고 있다.

그는 스포츠 스타도 아니고, 화려한 연예인도 아니고, 공부를 많이 한 것도 아니고, 대단한 성공을 거둔 인물도 아니다. 더욱이 돈이 많은 부자도 아니다.

그러나 어두운 이 세상을 밝게 비추는 빛과 같은 사람, 바로 행복을 배달하는 천사였다.

2012년에는 그의 이야기를 다룬 〈철가방 우수 씨〉라는 영화가 제작되었다. 김우수 역의 최수종, 그리고 음악가 김태원, 작가 이외수, 디자이너 이상봉 등의 재능 기부로 제작되면서 영화 수익금이 모두 불우 이웃 돕기 성금으로 사용되었다.

이외수 씨는 자필로 써내려간 추모 시를 헌정하였다.

그는 추모 시에 이렇게 써 놓았다.


온 세상에
달고 향기로운 열매가
주렁주렁 열리도록
노력하겠습니다

우수 씨의 '나눔' 정신을 자신의 사명으로 여기겠다는 말이다.

성경에 이런 구절이 있다.

"네 의義를 빛같이 나타내시며 네 공의公義(공적인 의로움)를 정오의 빛같이 하시리로다(시 39:6)"

이 말은 인생을 살아감에 '의로움'을 사명으로 여기라는 뜻이다. 사명은 나에게 '어떻게 해야 더 좋게 만들 수 있을까? 어떻게 해야 함께 행복할 수 있을까?'라고 묻게 한다.

김우수 씨의 사명은 이 사회에 나눔을 촉진하는 것이었는지도 모른다. 그렇다면 이 글을 쓰는 '나, 이미향의 사명은 무엇일까?'라고 자문해 본다. 아마도 강연을 통해 사람들의 삶에 선한 영향을 미치고 변화를 이끌어내는 것이 아닐까.

그리고 또 한 가지가 있다면 지금까지 그래 왔던 것처럼 '나눔'을 솔선수범하는 것이다. 나는 현재 '부스러기'라는 사랑 나눔회를 통해 11살짜리 아이와 연을 맺고 있다. '부스러기 사랑 나눔회'는 빈곤 아동과 그 가족을 돕는 단체이다. 몇 년 전, 대전에서 있었던 지역 아동 센터 교사 교육을 하러 갔다가 우연히 알게 되어 지금까지 인연을 맺게 된 것이다.

내가 좋아하는 배우가 있다. 바로, 〈로마의 휴일〉의 오드리 헵번. 그녀는 오래전부터 나의 롤 모델이며, 닮고 싶은 아름다운 여인이었다. 셰익스피어의 말을 끌어온다면 '덕성과 미모를 겸비한 신성한 여인'인지도 모른다.

오드리는, 벨기에 출신의 영화배우로 〈로마의 휴일〉에 출연하며 하루아침에 세계의 연인이 되었다. 배우로서도 아름답고 화려했지만, 그녀가 더 아름다운 이유는 배우에서 은퇴한 이후였다. 그녀는 장기간 유니세프 홍보 대사로 활동하면서 기아로 고통받는 아프리카 어린이들을 돌보는 데 헌신적인 사랑을 실천하였다는 점이다. 그렇게 그녀는 대장암에 걸려 시한부 선고를 받고도 아프리카 어린이들을 보살피다 1993년 1월 20일 하늘나라로 되돌아갔다.

〈로마의 휴일〉에서보다 아프리카에서 더욱 아름다웠던 배우, 오드리 헵번이 유언으로 아들에게 준 샘 레빈슨의 시는 이 글을 쓰는 내 책상에 세워져 있다.


아름다운 입술을 갖고 싶으면
- 샘 레빈슨


아름다운 입술을 갖고 싶으면
친절한 말을 하라.

사랑스런 눈을 갖고 싶으면

사람들에게서 좋은 점을 보아라.

날씬한 몸매를 갖고 싶으면
너의 음식을 배고픈 사람과 나누라.

아름다운 머리카락을 갖고 싶으면
하루에 한 번 어린이가 손가락으로 너의 머리를
쓰다듬도록 하라.

아름다운 자세를 갖고 싶으면
결코 너 자신이 혼자 걷고 있지 않음을
명심하며 걸어라.

사람들은 상처로부터 복구되어야 하며
낡은 것으로부터 새로워져야 하고
병으로부터 회복되어야 하고
무지함으로부터 교화되어야 하며
고통으로부터 구원받고 또 구원받아야 한다.
결코 누구도 버려서는 안 된다.

기억하라.

만약 도움을 주는 손이 필요하다면
너의 팔 끝에 있는 손을 사용하라.

또 네가 나이가 더 들게 되면 손이 두 개라는 것을
발견하게 될 것이다.
한 손은 너 자신을 돕는 손이고,
다른 한 손은 다른 사람을 돕는 손이라는 사실을…

오늘도 나는 '나눔'을 기억하고 사명으로 여기고 싶다.
한 손은 나 자신을 돕고 다른 한 손은 다른 사람을 돕는 것임을 잊
지 않는 행복도.

그리고 아이들에게 행복을 배달했던 철가방 김우수 씨!
나는 당신의 이름 세 글자를 오랫동안 기억하겠습니다. 당신의 삶은
참으로 아름다웠습니다.

WHAT'S YOUR STORY?

# 12

## 당신은 지금 통通하였는가?

"어떻게 말할까?
하고 괴로울 때는 진실을 말하라!"
-마크 트웨인

어느 늦은 밤, 단골 커피숍에서 친구를 기다리며 본 장면-.

20대 후반쯤으로 보이는 여자 네 명이 한자리에 앉아 식어버린 커피잔을 앞에 놓고 각자 '스마트폰 삼매경'에 빠져 있었다.

요즘 흔한 모습이 되어버린 '스마트폰이 있는 풍속도'였지만 마음이 씁쓸했다.

어쩌면 오랜만에 만난 친구들인지도 모르겠다. 아니, 그냥 아는 사이라도 '몰풍경'이라는 말은 이럴 때 써야 할 듯하다. 그녀들은 그렇게 내 친구가 올 때까지 같은 테이블에 앉아 서로에게 눈을 닫고, 귀를 막고, 각자 스마트폰 속으로 마냥 달려가고 있었다.

그건 분명히 소통이 아닌 단절이었다.


소통! 소통!

TV에서도, 신문에서도, 책에서도, 소통이 화두인 세상이다. '소통의 시대'답게 '소통 능력 지수 체크리스트'까지 유행한다니, '소통'의 중요성을 가히 알 만하다. 지금, 우리는 작은 일부터 큰일에 이르기까지 부부간에도, 자식과 부모 사이에도, 친구 사이에도, 직장 동료 사이에도 불통하며 힘들어한다. 이러한 소통의 부재는 '고통'을 부른다. 소통되지 않으면 고통이 따르기 때문이다.


허준의 『동의보감』에 '통즉불통通卽不痛'이라는 말이 있다. '통하면 아프지 않다, 혹은 아프면 통하지 않는다!'는 말이다. 통할 통 자와 아플 통 자의 발음이 서로 같아서 묘한 대비가 이루어지는 글귀인데, 인간의 육체가 아픈 이유는, 서로 막히고 통하지 않기 때문이라는 거다. 어쩌면 이 넉 자가 『동의보감』을 대표하는 사자성어일지도 모른다.

고전 평론가 고미숙 씨는 이렇게 말한다. "동의보감은 유교·불교·도교의 삼교회통三敎會通에 기반한 비전vision탐구서이다."라고.


핵심은 '소통순환'이다. 몸도 기혈이 잘 통해야 건강하고, 상대방과 말이 통해야 대화가 이루어지고, 함께하는 사람들은 뜻이 통해야 일이 성사되고, 집도 바람이 잘 통하는 집이 살기 쾌적한 집이다.

마음의 병은 소통의 부재에서 온 스트레스에서 발생한다. 결국, 세상의 가장 큰 문제점은 통하지 않는 것 때문에 생겨나는 것이 대부분이다.

사람 사이에 일어나는 많은 갈등은 불통에서 비롯된다. 상대방이 정말 무엇을 원하는지 알려면 내가 상대방의 입장에서 관심을 가져야 한다. 상대를 왜곡하고 병들게 하는 관심이 아니라 상대를 사랑하고 배려하는 그런 관심인 소통 말이다.

바르게 소통하려면 반복적인 연습과 노력이 필요하다. 소통도 일종의 학습이고, 만들어가는 것이어서이다.

그럼 어떻게 해야 바른 소통이 이루어질까? 〈소와 사자의 사랑 이야기〉라는 우화를 보자.

소와 사자가 있었다.
둘은 죽도록 사랑했다.
둘은 혼인을 했다.
둘은 최선을 다하기로 약속했다.

소가 최선을 다해서
맛있는 풀을 날마다 사자에게 대접했다.

사자는 풀이 싫었지만 참았다.

사자도 최선을 다해서
맛있는 살코기를 소에게 대접했다.
소도 괴로웠지만 참았다.

참을성은 한계가 있었다.
둘은 마주앉아 이야기했다.
그러면서 소와 사자는 다투었다.
끝내 헤어지고 말았다.

헤어지며 서로에게 한 말은
"나는 최선을 다했다"였다.

소와 사자는 "나는 최선을 다했다." 했지만 헤어지고 말았다. 그 이
유는 자신을 드러내지 않아서였다.
"나는 살코기를 못 먹는다. 나에게 풀을 다오."
"나는 풀을 못 먹는다. 살코기를 다오."
이렇게 자신의 속내를 충분히 드러내는 말을 더 일찍 해야 했다. 소
와 사자는 서로 참는 것만이 최선인 양, 자신의 의사 표현을 명확히
하지 않았다. 그들이 대화를 나눴을 땐, 이미 대화의 의미조차 없어져

버릴 정도로 고통스러운 시간이 흐른 뒤였다. 내 속에 풀리지 않는 어려움이 있을 때, 참고 참는 것만으로는 해결되지 않는다. 그것은 마치 상자 속에 나를 가두어두고 남과 소통하려는 것과 같다. 자기 마음을 표현하지 않고 상자 속에 가두는 것은 본인은 물론 상대방까지 육체적 심리적으로 건강하지 못한 결과를 초래한다.

그러려면 첫째, 우선 나부터 나에 관한 자기 노출self disclosure을 해야 한다. 소통은 여기서부터 시작한다. 자기 목소리를 내지 않으면 누구도 당신에 대해서 알지 못한다. 내가 먼저 진실하고 정직하며 열린 자세로 상대방과 소통하려들 때, 둘의 관계는 더욱 공고해지고 오래갈 수 있다. 정신 분석학자 프로이트가 "표현하는 것 자체가 치료이다."라고 한 것도 이에서 나온 말이다.

소통될 때, 고통도 시나브로 치유되며 행복한 삶을 영위하게 된다. 혜민 스님의 "내가 완전하므로 남을 치유할 수 있는 것이 아니다. 나도 당신과 비슷한 괴로움을 겪은 적이 있다고 마음을 열고 이야기하는 과정에서 치유된다. 같이 고민해 보자고 진정으로 관심 가져 주는 것에서 힐링이 된다."라는 말도 같은 경우이다.

바르게 소통하는 방법 두 번째는, 상대의 의견을 경청해야 한다. '이청득심以聽得心'이라는 말이 있다. '경청하면 상대의 마음을 얻을 수 있다'는 뜻이다. 경청은 '남의 말을 귀 기울여 주의 깊게 듣는 것'이다.

'경청'하면 제일 먼저 떠오르는 역사적 인물이 있다. 바로 세종 대왕이다.

세종은 소통의 달인이었다. 박현모 교수의 저서 《세종처럼》미다스북스, 2008은 소통하는 리더로서 세종 대왕을 재조명했다. 세종의 화법 話法은 바른 의사소통이 핵심이다. 세종은 비판과 반대 의견일지라도, 일단 수긍하고 말을 이어갔다고 한다.

"네 말이 참으로 아름답다."

신하들을 소통의 주체로 인정하고, 그들의 말을 절대 무시하지 않았다. 그래서인가, 세종이 즉위 후 처음 꺼낸 말이 "의논하자."였다고 한다. 그 결과 침묵으로 일관하던 신하들은 세종과 치열하게 논쟁했고, 많은 성과와 업적이 남게 된 것이다.

우리는 늘 소통이 중요하다고 말하면서 남의 생각에는 너그럽지 못하다. 『장자』에서 "음악 소리는 텅 빈 구멍에서 흘러나온다."는 글이 있다. 악기나 종의 소리는 그 속이 비어 있기 때문에 공명이 이루어져, 우리 귀에 좋은 소리로 들리게 된다. 사람의 공명통共鳴通은 마음이다. 한 사람에게 다가가 이야기를 성실하게 들어주는 것은, 그 자체가 존중이고 사랑이다.

그러려면 자기 판단과 생각으로만 가득 차 있는 고집 되고 왜곡된 마음을 비워야 한다. 상대를 있는 그대로 존중해 주는 마음가짐을 가진다면 진정 아름다운 소리가 흘러나오지 않을까? 서로의 말에 귀 기울여 주고, 동의해 준다면 상호 간의 소통은 한결 쉬워지기 마련이다.

나는 5월부터 전국적으로 부모 교육을 할 예정이다. "자녀와의 소통법"이 주제이다. 나는 그때를 대비하여 수많은 책과 자료, 경험 사례들을 살펴보며 열심히 씨름하고 있다.

그러다 이런 글을 발견하였다.


이야기를 들어 달라고 하면

당신은 충고를 시작하지.

나는 그런 부탁을 한 적이 없어.

이야기를 들어 달라고 하면

그런 식으로 생각하면 안 된다고 당신은 말하지.

당신은 내 마음을 짓뭉개지.

이야기를 들어 달라고 하면

나 대신 문제를 해결해 주려고 하지.

내가 원하는 것은 그런 것이 아니야.


들어주세요!

내가 원하는 것은 이것뿐.

아무 말 하지 않아도 돼.

아무것도 해 주지 않아도 좋아.

그저 내 얘기만 들어 주면 돼.

《경청》위즈덤하우스, 2007에서

'자기 노출'과 '들어주기' 바로 소통의 비기秘記이다. 이 소통의 비기가 우리 사회에 널리 퍼진다면 '스마트폰이 있는 풍속도'도 사라질 것이다. 그날을 기대해 본다. 우리가 마음껏 소통할 그 날을.

# 13

# 나를 키우는 말

"세상에서 이런 긍정적인 후원만큼 강한 것은 없다.
미소와 낙관적인 말, 희망적인 말…
그리고 힘들어할 때 '너는 할 수 있어.' 라는 말"

- 리처드 디보스(Richard DeVos)

한 장의 종이가, 종이가 아닌 여러 요소들이 결합한 결과이듯이 개인 또한 비개인적인 요소로 만들어졌습니다. 만일 당신이 시인이라면 이 종이 안에 구름이 떠 있는 것을 볼 것입니다. 구름 없이는 물이 없고 물 없이는 나무가 자랄 수 없고 나무 없이는 종이를 만들 수가 없습니다. 그러므로 여기에 구름이 있습니다. 이 페이지의 존재가 구름의 존재에 의존됩니다. 종이와 구름은 아주 밀접합니다. 햇빛같이 또 다른 것에 관해서도 생각해 봅시다. 햇빛이 매우 중요하니 그것이 없이는 숲이 성장할 수 없고, 인간 또한 햇빛이 없이는 성장할 수 없습니다. 나무꾼들도 나무를 자르기 위해 햇빛이 필요하고, 나무도 나무가 되기 위해서 햇빛이 필요합니다. 그러므로 이 종이 안에서 당신은 햇빛을 볼 수 있습니다. 당신이 보살의 눈으로써, 깨달은 자의 눈으로써 더 깊숙이 들여다보면 그 안에서 구름이나 햇빛뿐 아니라 모든 것이 그 안에 있음을 봅니다. 나무꾼이 먹을 빵을 만드는 밀, 나무꾼의 아버지, 모든 것들이 이 한 장의 종이 안에 있습니다.

— 틱낫한의 《평화로움》 중에서


벌써 반 해가 기울었다.

오늘은 7월 1일이다.

올해 1월부터 쓰기 시작한 글쓰기가 점점 힘들어진다. 주변 강사 중에 저마다 야심 찬 의지를 갖고 책 쓰기에 도전했다가 갖은 핑계를 대며 포기하는 분들을 많이 봤다.

그 심정을 이제야 알 것 같다. 나도 스멀스멀 '포기'라는 단어가 올라오려고 한다.


나는 매일 아침에 신문을 읽는다.

요즘 세상을 떠들썩하게 만드는 나쁜 소식은 언젠가부터, 일부러 패스한다.

동아일보 신문 칼럼 '[2030 세상] 초보 자기계발자의 변─임유진'을 읽었다. '어쩌면 이리도 술술 읽히지. 거기다 재미도 있고, 감동적이기 까지 하니. 마치 내 옆에서 말을 건네는 것 같이 목소리가 들리잖아. 도대체 이 사람들은 이런 능력을 타고나는 걸까?' 부러움과 그만큼의 탄식이 절로 나온다.

아! 나도 글을 잘 쓰고 싶다.

내 글이 사람들의 마음속에 들어가 울림이 되었으면 좋겠다. 그런데 오늘은 머리를 쥐어짜도 나올 것 같지 않다. 나에게 글을 쓰는 능력이 없는가 보다. 마음이 착잡했다.


이런저런 생각으로 마음이 엉켜 있는데, 핸드폰이 울렸다. 같은 강 사로서 오랫동안 나의 곁에서 나를 응원해 주는 권 선생님의 안부 전 화였다.

"선생님, 요즘 메르스 때문에 많이 힘드시지요?"

"아~ 선생님, 메르스 때문에도 힘들지만, 요즘 글이 잘 안 써져서 더 힘들어요. 무엇을 써야 할지 확실하게 인식이 안 돼요."

"참 내, 선생님 어렸을 적에, 음악 선생님께 칭찬받았던 이야기, 그 리고 선생님이 만났던 특별했던 청중들의 이야기를 쓰면 되잖아요. 아, 얼마 전에도 이미향 선생님 강의에 감동 받았다며, 어떤 분이 꽃 과 상품권 주셨다면서요? 안개꽃 건네주시며 엘리베이터 문 닫힐 때, '이미향 선생님, 안개꽃 개수만큼 행복하세요.' 했다면서요? 저는 무척 인상적이었는데, 달아나기 전에 얼른 그 이야기 쓰세요."

나는 그제야 무릎을 탁 쳤다.

나는 얼른 노트북을 열고, 꽁했던 마음을 풀었다. 그리고 더듬더듬 기억이라는 보물 창고에서 하나씩 하나씩 이야깃거리들을 꺼내기 시작했다.

'나'라는 존재는, 나를 중심으로 수많은 관계망으로 연결되어 있다.

가장 먼저, 나의 아버지와 어머니로부터 몸을 물려받았고, 부모님들도 그 부모님, 즉 할머니 할아버지로부터 몸을 물려받은 셈이다. 계속 거슬러 올라가다 보면 참 많은 사람들이 나의 형성과 관련이 되어 있다는 것을 알 수 있다. 아기 때는 엄마의 젖을 먹었고, 자라면서 밥을 먹었고, 지금은 15년 동안 내가 밥을 지어 먹고 있다. 지금까지 무려 47년 동안 몸이 자랐다.

쌀과 콩 같은 곡식, 배추, 무, 오이, 상추 같은 야채, 소와 돼지, 닭 같은 고기, 사과, 수박, 참외 같은 과일 등등, 그 결과가 바로 내 몸이다.

어디 삼시 세끼 육체의 양식만 먹고 자랐겠나. 부모와 형제, 그리고 친구들, 선생님들로부터 말과 글을 배웠고 경험을 통해 생각을 키웠다. 나를 둘러싼 삶의 관계망에서 나의 정신과 마음을 키워준 기억나는 사람들의 이야기를 그래, 하지 않을 수 없다.

중학교 2학년 때였다. 김문희 선생님이 우리 학교에 음악 선생님으로 전근 오셨다. 내 눈에 선생님은 하늘에서 내려온 천사 같았다. 늘 박꽃 같은 웃음을 얼굴에 담고 있었고, 목소리는 새소리처럼 청아했다. 나는 음악을 좋아하지는 않았지만 음악 시간이 참 좋았다. 그 시간에는 선생님을 충분히 볼 수 있어서였다. 늘 말이 없고 소심한 나를 향해, 선생님께서는, 꽃잎처럼 손을 활짝 내미셨다. 언제나 선생님은 나의 이름을 다정하게 불러 주셨다.

"미향아~"

마음에 들지 않았던 내 이름을 선생님이 불러 주시면, 왠지 예쁘게 느껴졌다.

"미향아, 너의 이름은 부를수록 참 좋다."

"미향아, 너의 목소리는 참 맑구나."

"미향아, 너의 얼굴은 장미희를 닮았어. 참 고와."

"미향아, 너를 보면 참 기분이 좋아져."

그때까지 나는 이런 칭찬을 받아본 적이 단연코 한 번도 없었다. 음악 선생님의 칭찬은 아름다운 선율이 되어 나를 춤추게 했다.

모든 생명체들은 물과 공기와 햇빛을 먹고 자란다. 한 포기의 풀이 자라는 데 햇빛이 필요한 것처럼, 한 사람이 건강하게 성장하는 데는 반드시 '칭찬'이라는 따스한 햇볕이 필요하다. 칭찬은 기적과도 같이 마음에 용기를 불어넣어 새로운 힘을 갖게 하고, 꿈을 꾸게 하고, 자라게 한다. 어둡고 침침했던 마음을 환하게 밝혀 준다.

그렇다. 김문희 선생님의 칭찬은 나에게 햇빛이었다. 선생님의 칭찬은 나를 '강사'라는 이 자리까지 오게 한 원동력이 되었다.

2월 몹시 추운 어느 날, 경상북도 울진에서 "당신은 스토리다!"라는 주제로 강의했다.

밤이라 인천 집까지 돌아오는 게 걱정이 되어 마무리 인사가 끝나자마자, 주차장으로 걸음을 재촉했다. 그런데 어떤 분이 헐레벌떡 뛰어오시더니 사투리가 섞인 말투로 "선생님 강의 정말 감동적이었어예. 우째 그리 눈물이 나게 하십니꺼. 제가 마음 표현을 어떻게 해야 할지 모르겠습니더, 이거라도 받아 주이소."

그러며 내 손에 종이를 쥐어 주시고는 후다닥 뒤돌아 가시는 게 아닌가. 고맙다는 말도 건네기도 전에 그분은 사라졌다.

차 안에서 실내등을 켜고 종이를 펴 보았다.

세상에, 5만 원짜리 지폐였다. 지폐 속 신사임당이 나를 향해 미소를 보내시며 말을 건네는 것 같았다.

"미향! 수고했어요. 애썼어요…"

갑자기 눈물이 핑그르르 돌았다.

춘삼월에는 한 달 내내 전국 교사들을 대상으로 "通하면 아프지 않다"라는 주제로 강의하러 다녔다. 나의 상처가 곧 소통의 바탕임을 깨닫는 시간들이다. 내 강의는 모두 '감성'이란 두 글자로부터 풀린다. 사람이 아무리 이성적 만물의 영장이라지만 엄밀히 말하면, 인간만큼 감성적인 동물도 없다. 청중과 소통하기 위해 가장 먼저 고려해야 할 것이 바로 감성이라는 것은 처음 강단에 섰을 때부터 지금까지 변함이 없다.

강원도 원주에 있는 유치원에서 강의했을 때였다.

90여 분 동안의 강의를 마친 후에 원장실로 안내되었다. 원장님이신 송 루갈다 수녀님께서는 손수 만드셨다는 핑크색 비누와 유자차를 주시며 다음 강의에 또 초청하겠다고 말씀하셨다.

"교사들의 마음을 위로해 주셔서 감사합니다. 참으로 행복한 시간이었습니다."

수녀님의 칭찬 말씀은, 다음 날 이어진 거제시에서 한 강의에서 다른 어떤 날보다 열정적으로 강의할 수 있게 한 에너지가 되었다.

미당 서정주의 시 〈자화상〉에는 "나를 키운 건 팔 할이 바람"이라는 구절이 나온다. 100만 권 베스트셀러 작가 한비야 씨는 "나를 만든 팔 할은 울퉁불퉁한 삶"이라고 하였다. 개그맨 김영철은 "나를 만든 팔 할은 긍정의 입방정"이라고 한다.

곰곰 생각해 보았다. '그래, 나를 키운 건 팔 할이 시간과 감정을 나누어준 사람들의 '칭찬'이었어.' 이해인 수녀의 〈나를 키우는 말〉이라는 시가 생각났다.

아름답다고 말하는 동안은
나도 잠시 아름다운 사람이 되어
마음 한 자락이 환해지고
좋은 말이 나를 키우는 걸
나는 말하면서 다시
알지.

늦은 밤 주차장에서 주차하는데 권 선생님으로부터 또 전화가 왔다.

"이미향 선생님의 가장 좋은 점은, 강의할 때, 정성을 다한다는 거예요. 그런 정성이 사람들을 감동하게 하지요. 이 말을 꼭, 오늘 전하고 싶었어요."

# 14

## 내가 정말 좋은 이유

"남들에게 존중받고 싶다면 먼저 스스로를 존중하라!"

- 도스토예프스키

어느 대학 교수가 강의 중에 갑자기 5만 원짜리 지폐를 꺼내 들었다.

"이거 가질 사람 손 들어 보세요!"라고 했더니 모든 사람이 손을 번쩍
들었다.

그걸 본 교수는 지폐를 주먹으로 꽉 쥐어서 구기더니 다시 물었다.

"이거 가질 사람 손 들어 보세요!"

그랬더니 이번에도 모든 사람이 손을 번쩍 들었다.

교수는 다시 지폐를 바닥에 내팽개치고 발로 밟았다. 구겨진 지폐에
신발 자국이 묻어서 더러워졌다.

"이거 가질 사람 손 들어 보세요!"

이번에도 학생들은 손을 들었다.

교수가 학생들에게 말했다.

"여러분들은 구겨지고 더러워진 5만 원짜리 지폐라도 그것의 가치는 변하지 않는다는 사실을 잘 알고 있습니다. '나'라는 존재의 가치도 마찬가지입니다. 구겨지고 더러워지고 내팽개쳐진다 할지라도 소중한 가치는 달라지지 않습니다."

## 1. 그래도 내가 좋은걸

나는 삼치다. 첫 번째는 기계치, 두 번째는 수치숫자, 세 번째는 길치인데, 그중 기계치는 정말 감탄스러울(?) 정도로 완벽에 가깝다.

컴퓨터, 텔레비전, 핸드폰, 내비게이션, 오디오, 전자사전, 자동차 등 기계에 관한 한 바보스러울 정도로 무능하다. 얼마 전에 큰맘 먹고 산 "자동 고데기"도 사용 설명서를 읽다가 한 번도 써 보지 못하고 화장대 서랍에 박아 놓았다. 또 TV 리모컨이 두 개 있는데, 그들의 다양한 기능들을 확인해 보고 싶은 마음조차 들지 않으니…….

남들은 새로운 핸드폰 기종이 나오면 빨리 바꾸고 싶어 하는데, 나는 새로운 기능에 익숙해져야 한다는 데 겁을 먹고서 고장 날 때까지 안 바꾸고 쓴다. 얼마 전에 내가 핸드폰으로 사진 캡처하는 것을 모르자, 후배가 대뜸 "언니, 대학원 나온 거 맞아?" 하며 핀잔을 주었다.

스스로 인정해 버리니까 기분 나쁘지는 않다. 뭐, 삼치면 어떤가? 그래도 나는 내가 정말 좋은걸.

강의 중에 빼놓지 않고 하는 스팟 기법이 있다. 바로 '박수 치기'다. 주먹 박수, 손바닥 박수, 손목 박수, 양날 박수, 손가락 박수 등 다양한 박수 치기가 있지만, 내가 제일 좋아하는 것은 마인드 업mind up을 하게 하는 일명 '나 긍정 박수'다.

다음 여덟 글자를 구호에 맞춰 외친 후에 힘차게 박수를 친다.

"나 는 내 가 정 말 좋 다!" (한 글자 외치고, 박수 한 번 치기)
"나는 내가 정말 좋다!" (두 글자 외치고, 박수 두 번 치기)
"나는내가 정말좋다!" (네 글자 외치고, 박수 네 번 치기)
"나는내가정말좋다!" (여덟 글자 외치고, 박수 여덟 번 치기)

이 박수놀이를 할 때는 흥이 절로 난다. 다들 좋아하는 박수이기도 하다. 이런 말 하면 웃을지 모르겠지만, 이 '나 긍정 박수'는 나랑 잘 어울리는 박수라 생각한다. 다른 사람들과 비교해서 능력이나 외모가 뛰어나지는 않지만, 그냥 '나'의 소소한 부분이 내 마음에 든다.

## 2. 세 가지 이유

우선 '이미향'이라는 이름이 정말 마음에 든다. 친구들의 이름을 보면 정숙, 미숙, 은숙, 정희, 선희 등 대부분 '숙' 자나 '희' 자로 끝난다. 그런데 나는 '향' 자로 끝난다. 아름다울 '美미'에 향기 '香향', 글자의 음도 예쁘지만, 뜻도 얼마나 좋은가! 이름에서 향기가 나는 것 같다.

내 카톡의 '상태 메시지'는 3년째 "人香萬里인향만리"를 고수하고 있다. 이름처럼 향기가 만 리까지 가는 아름다운 강사가 되고 싶은 마음에서이다.

나의 중학생 시절 음악 선생님이 내 이름을 다정하게 불러 주시곤 하였는데, 그때부터 나는 내 이름을 좋아하기 시작했다. 지금도 누군가가 내 이름을 다정하고 부드럽게 불러 주면, 그 소리가 바람을 살살 일으켜서 향기를 솔솔 풍길 것만 같다. 김춘수의 시, 〈꽃〉에서 "나의 이 빛깔과 향기에 알맞은 누가 나의 이름을 불러다오"라는 대목을 낭송하노라면 눈물이 '핑' 돌기도 하는 것은, 나 역시 나의 이름을 불러 줄 사람을 애타게 찾기 때문일까?

주먹만큼 작지도 않고 동글동글하니 귀엽게 생긴 내 얼굴도 참 마음에 든다. 그리고 나는 누구보다도 밝고 환한 미소를 가지고 있다.

강의를 시작할 때면, 생글생글 웃으면서 내 이름을 삼행시로 소개한다. "이 세상에서, 미소가 아름답고, 향기 나는 이야기를 전하는 이미향입니다."

아침마다 하는 나만의 운동이 있는데, 바로 '미소 운동'이다. 먼저, 거울 속의 나를 바라보며 '씩' 웃어 준다. 다음, 양쪽 입꼬리를 힘껏 올리면서 "개구리 뒷다리!"를 외친다. 이런 식으로 15회 연습한다.

고양시의 복지관에서 어르신을 대상으로 강의한 적이 있다. 그때 '김순자'라는 분이 손으로 쓴 편지를 내게 보내 주셨다.

"선생님이 가르쳐 주신 공부! 연습하면서 답답할 때도 재밌을 때도 많이 생각날 겁니다. 그 사랑스럽고 귀여운 모습으로 내 눈앞에서 걱정 말라고 웃어 줄 겁니다. 선생님의 미소는 저에게 위로가 될 겁니다."

얼마 전에는 서울신학대학에서 나의 아동 문학 강의를 수강했던 임진아 학생한테서 편지를 받았다.

"교수님과 한 학기 동안 함께하면서 한 번도 미소를 잃지 않으시고 격려와 칭찬을 아낌없이 해 주시는 모습에 날마다 놀랐답니다. 아름다운 미소로 항상 기분 좋게 해 주셔서 감사합니다."

나의 미소가 누군가에게 위로가 되고, 기분을 좋게 해 준다는 것은 얼마나 멋진 일인가? 이 글을 쓰면서도 큰 바다 얼굴에 배시시 작은 '미소의 배'를 띄우고 있다.


나는 감정 표현을 참 잘한다. 말이든 표정이든 손짓이든 누가 봐도 금세 알아볼 정도로 다소 과장된 표현을 즐긴다. 때때로 기분 나쁜 감정이 얼굴에 고스란히 드러나 곤란할 때도 있지만, 좋은 감정을 표현할 때는 주위 사람들도 덩달아 기분 좋게 만든다.

며칠 전이 남편의 생일이었다. 그래서 가족이 함께 아귀찜으로 유명한 식당에 갔다. 여기서도 나의 감정은 매콤한 아귀를 먹으며 감탄사를 연발했다.

"아 맛있다! 정말 끝내준다! 아귀가 냉동이 아니라 싱싱해서 입에 짝짝 달라붙는 것 같아! 와, 진짜 쫄깃쫄깃하다!"

"엄마랑 음식을 먹으면 맛없는 것도 맛있게 느껴져. 근데 엄마가 좀 오버하는 건 있지 하하하." 하며 딸아이가 웃는다.

좋은 감정이 같이 먹는 사람들에게 전염되어 더 맛있게 먹게 된다면, 그것을 보는 음식점 주인도 기분이 좋지 않겠는가? 나 역시 주부로서 내가 만든 음식을 가족들이 "맛있다!"고 말하면서 먹는 것을 보면, 음식 만들 때의 수고 따위는 금세 잊어버리고 더 맛있게 만들려고 노력하게 된다. 이처럼 좋은 감정을 자주 표현하면 그만큼 '행복 에너지'를 끌어올리게 된다는 것을 나는 믿는다.

라틴어로 '카르페 디엠!(현재를 즐겨라)'이라는 말이 있듯이, 노년이 되어서도 오감을 활짝 열어젖혀서 순간을 음미할 줄 알고, 표현함으로써 현재를 즐길 줄도 아는 사람이 되고 싶다.

## 3. 네 번째 이유

나는 감동을 쉽게 받는 편이다. 책의 한 문장 속에서, TV 휴먼 다큐멘터리에 나오는 삶의 이야기 속에서, 혹은 신문 칼럼이나 잡지 인터뷰 기사 속에서, 드라마나 영화 속에서 나는 그들과 함께 울고 웃는다.

몇 년 전에 나를 감동하게 한 한 편의 실화가 있어서 소개해 본다. 장면은 서울 서초동 소년 법정이다. 비공개로 열린 재판이었는데, 서울 가정법원 안에서 화제가 되면서 뒤늦게 알려지게 되었다고 한다.

—

친구들과 함께 오토바이를 훔쳐 달아난 혐의로 구속된 소녀(16세)는 방청석에서 홀어머니가 지켜보는 가운데 재판을 기다리고 있었다.

법정 안으로 중년 여성 부장 판사가 들어왔다. 판사는 무거운 판결을 예상하고 잔뜩 움츠리고 있는 소녀를 향해 "자리에서 일어나 나를 따라 힘차게 외쳐 보렴. '나는 이 세상에서 가장 멋지게 생겼다!" 하고 말했다.

예상치 못한 판사의 요구에 머뭇거리던 소녀는 작은 목소리로 "나는 이 세상에서…"라고 따라 하기 시작했다.

판사는 더 큰 소리로 따라 하라고 했다. "나는 이 세상에 두려울 것이 없다! 이 세상은 나 혼자가 아니다! 나는 무엇이든 할 수 있다!"

점점 큰 소리로 따라 하던 소녀는 "이 세상은 나 혼자가 아니다."라고 외칠 즈음에 와서 참았던 눈물을 터뜨리고 말았다.

이미 작년 가을부터 14건의 절도와 폭행으로 법정에 서 왔기 때문에 이번에 무거운 형벌을 받게 되었음에도 불구하고, 판사는 법정에서 '외치는 판결'로 불처분 결정을 내렸다. 참여관, 실무관 그리고 방청객들도 눈물을 흘렸다.

가정환경이 어려웠지만, 소녀는 작년 초까지도 반에서 상위권 성적을 유지하였다. 그의 장래 희망은 간호사였다. 그런데 작년 초 귀갓길에 여러 명의 남학생에게 집단 폭행을 당하면서 삶이 송두리째 바뀌었다.

소녀는 후유증으로 병원 치료를 받았고, 홀어머니는 충격을 받아 중풍으로 쓰러졌다. 소녀는 그때부터 학교를 겉돌면서 비행 청소년들과 어울려 다니기 시작했다.

"누가 가해자입니까? 누가 이 아이의 아픔을 한 번이라도 헤아려 주었습니까? 잘못이 있다면 여기 앉아 있는 여러분과 우리 자신입니다. 이 소녀가 다시 세상에서 살아갈 유일한 방법은 잃어버린 자존심을 우리가 다시 찾아주는 것입니다." 판사는 눈물범벅이 된 소녀를 앞으로 불러 세웠다. "이 세상에서 누가 제일 중요할까? 그건 바로 너야. 이 사실을 잊지 말아야 한다. 마음 같아서는 꼭 안아 주고 싶지만, 너와 나 사이에 법대가 가로막혀 있어 이 정도밖에 할 수 없어 미안하구나!"

판사가 두 손을 쭉 뻗어 소녀의 손을 꼭 잡아 주었다.

– 자료 출처 : 브레이크뉴스 인천 이한 기자, 2014. 9. 13.

나는 이 이야기를 읽으면서 '뭉클'이라는 단어가 떠올랐다. 가슴이 뜨거워지면서 하염없이 눈물이 흘러내렸다. 그 후로 이 이야기는 '자존감'을 주제로 강의할 때 청중들에게 들려주는 단골 메뉴가 되었다.

"이 세상에서 누가 제일 중요할까? 그건 바로 너야. 이 사실을 잊지 말아야 한다."

오늘도 나는 큰소리로 외친다.

**"나는 내가 정말 좋다!"**

WHAT'S YOUR STORY?

# 15

# 우리의 말을 살피자!

"부모의 말과 행동은 아이가 그대로 배우며 아이의 인격 형성에도
큰 영향을 준다. 아이가 부정적인 감정에 휩싸였다고 해서
직접 화를 내거나 냉소적으로 대하면 아이도 똑같이 화가 심한
사람으로 인격이 형성되어 간다. 화를 내기보다는 오히려
칭찬을 많이 하고 아이가 스스로 그 감정을 인지하고 벗어날 수
있도록 도와주는 것이 바람직하다."
- 최원호

어린이집 모임에 참석한 어머니에게 선생님이 말했습니다.
"아드님은 산만해서 단 3분도 앉아 있지를 못합니다."
집에 돌아오는 길에 어머니가 아들에게 말했습니다.
"선생님께서 너를 무척 칭찬하셨어, 단 1분도 의자에 앉아 있지 못하

던 네가 3분이나 앉아 있는다고. 다른 엄마들도 이 엄마를 부러워하더구나!"

그날 아들은 평소와 달리 밥투정을 하지 않고 두 공기를 뚝딱 비웠습니다.

아들이 초등학교에 들어갔을 때 어머니가 학부모회에 참석했습니다.

"아드님의 성적이 몹시 안 좋아요. 검사를 받아 보세요."

선생님의 말을 듣고 어머니는 눈물이 왈칵 쏟아졌습니다. 어머니는 집에 돌아와서 아들에게 말했습니다.

"선생님께서 너를 믿고 계시더구나. 넌 결코 머리가 나쁘지 않다고, 조금만 더 노력하면 이번에 21등 한 네 짝도 제칠 수 있을 거라고 하셨어!"

금방 아들의 표정이 환하게 밝아졌습니다.

아들이 중학교를 졸업할 즈음 담임선생님이 말했습니다.

"아드님의 성적으로 명문고에 들어가는 것은 어렵습니다."

"아들아, 선생님께서 너를 무척 자랑스럽게 생각하시더라. 조금만 더 노력하면 명문고에 들어갈 수 있다고 하셨어."

아들은 명문고에 들어가서 뛰어난 성적으로 졸업하였습니다. 그 후 명문 대학에 합격하고, 대학 입학 허가 도장이 찍힌 우편물을 어머니의 손에 쥐여드린 아들이 울면서 말했습니다.

"어머니! 제가 똑똑한 아이가 아니라는 건 저도 잘 알아요. 어머니의 격려와 사랑이 오늘의 저를 만들었어요. 감사합니다, 어머니! 사랑합니다!"

(어느 교수의 일화)

1.

"엄마가 뭘 알아? 내가 알아서 한다고!"

"됐다구! 나 참!"

"엄마가 그러니까 내가 더 하기 싫은 거라고!"

"아이, 짜증 나!"

"쩐다, 쩔어"('훌륭하다. 대단하다. 너무하다'라는 뜻의 은어)

중학교 2학년인 딸아이가 요즘 부쩍 입에 달고 다니는 말들이다. '중2병病'에 걸린 아이들 때문에 힘들어하는 부모들의 이야기가 사방에서 들려온다. 북한이 남침을 못 하는 이유 중 하나가 남한의 '중2가 무서워서'라는 우스갯소리가 유행할 정도이니, 이 '병'이 얼마나 사회적 관심의 대상이 되고 있는지 짐작이 간다.

중2 또래들이 사춘기에 겪게 되는, 혼란스럽거나 매사에 불만으로 가득 찬 심리 상태, 그리고 그로 인한 반항과 일탈 행위는 대개 충동적이며 부모라도 통제하기가 어려운 게 사실이다. 그래서 중학생들을 보고 '괴물 같다'고도 한다. 그러면, 누가 이 아이들을 괴물로 만들었을까?

심리학 박사 최성애 씨는 다음과 같은 점을 원인으로 지적한다.

"1998년의 외환 위기 이후에 결혼한 부부들이 맞벌이로 쏟아져 나왔다. 이때 태어난 아이들 중에는 부모와의 애착이 형성되지 못한 아이들이 많다."

부모와 함께하는 시간이 적다 보니, 생애 초기에 부모로부터 충분한 사랑을 받지 못하고 성장했다는 말이다. 그런 아이들이 커서는 오로지 진학을 위한 지식 공부에만 몰두하니 어른들과 통할 리가 없다.

《인사이드 아웃》의 저자인 최원호 박사의 인터뷰 기사를 본 적이 있다. 《인사이드 아웃》은 인간의 감정을 심리학과 인지학적 측면에서 알기 쉽게 설명한 책이다.

"부모의 말과 행동은 아이가 그대로 배우며 아이의 인격 형성에도 큰 영향을 준다. 아이가 부정적인 감정에 휩싸였다고 해서 직접 화를 내거나 냉소적으로 대하면 아이도 똑같이 화가 심한 사람으로 인격이 형성되어 간다. 화를 내기보다는 오히려 칭찬을 많이 하고 아이가 스스로 그 감정을 인지하고 벗어날 수 있도록 도와주는 것이 바람직하다." 또 그는 "자녀와의 애착 관계를 위해서는 아이가 좋아하는 선물이나 음식을 사 주는 것보다 자녀의 정서에 공감해 주고 한마디의 따뜻한 말과 위로를 건네거나 포옹해 주는 것이 훨씬 크고 좋은 영향을 준다."고 언급했다.

2.

그날도 강의를 마치고 차에 올라 시동을 걸었다. 고정 주파수로 되어 있는 93.9MHz 기독교 방송에서 전화 인터뷰를 하는 어느 할머니의 차분하고 잔잔한 목소리가 들려왔다.

"저는 40년 동안 남편과 함께 살면서 정말 간절히 듣고 싶었던 말 한마디가 있었는데, 끝내 듣지 못하고 헤어지게 되었네요. 참, 한이 맺히네요. 더 이상 부부의 연을 이어 갈 생각이 없어서 이혼을 결정하게 되었어요."

"할머니, 그토록 듣고 싶었던 그 한마디 말은 뭔가요?"

"음~ '당신을 사랑하오.'라는 말을 꼭 듣고 싶었다우."


3.

가을답지 않은 더위가 기승을 부리던 어느 날, 수원에 있는 교육원에서 "부모 교육"을 주제로 강의했다. 내가 소속된 JG 에듀매니지먼트 양정우 대표님과 동행했다.

그런데 그날따라 최악의 상황이었다. 기자재도 사용할 수 없고, 공간 제약도 있는 데다 3세 미만의 아기들도 있어서 분위기가 산만했다. 더구나 에어컨을 약하게 틀어 놓아 온몸이 땀에 젖은 채로 강의할 수밖에 없었다. 평소에 강의할 때보다 10배는 더 힘든 시간이었다. 시간은 왜 그리도 더디 가는지! 늘 자신감이 넘쳤던 나였지만, 이번에는 어머님들의 관심과 집중을 이끌어내지 못한 데 대한 자책감에 괴로워했다.

강의를 마치자, 온몸에서 힘이 빠지고 맥이 풀렸다. 결국 돌아오는 차 안에서 양 대표님이 던진 따뜻한 말 한마디가 나를 울려 버렸다.

"이미향 선생님, 수고 많이 하셨어요. 어려운 상황에서도 땀 흘리며 최선을 다하는 모습이 다른 어느 때보다도 아름다웠어요. 제가 투명 인간이었다면, 선생님의 뒤로 돌아가서 꼬옥 안아 주었을 거예요. 누가 뭐라 해도 선생님은 참 잘하셨어요."

다음 날 스피치 학원에서의 특강은 강의에 날개를 단 듯 펄펄 날아다녔다.


격려의 말, 칭찬의 말, 축복의 말은 하늘의 언어라고 한다. 그러나 좋은 말을 선택했다고 해서 그걸로 다 되는 것은 아니다. 말에는 네 박자가 있는데, 적절한 단어, 알맞은 톤, 따뜻한 미소와 다정한 스킨십이다. 이 네 가지가 합쳐질 때 아름다운 화음을 만들어 낸다.

혹시 내가 가장 아끼고 소중히 여기는 사람들이 바로 옆에서 작고 초라해진 모습-처음부터 그랬던 것은 아닐 텐데-으로 나를 바라보고 있지는 않은지 '지금' 살펴보자!

'가족인데, 사랑을 꼭 표현해야 하나?', '부부간에 굳이 말을 해야 하나?', '친구니까 서로 마음이 통하겠지.', '오랜 동료인데, 내가 무슨 말을 하려는지 척 하니 알 거야.' 이런 마음으로 그냥 내버려 두고 있는 건 아닌가?

갓 태어난 아기든, 중2병이 걸린 아이든, 남편이든, 아내든, 친구든, 동료든 그들과 따뜻하게 눈을 맞추고 보름달처럼 환한 미소를 짓고서 살포시 안아 보자. 그리고 '말'을 건네자!

**"사랑합니다."**

W H A T ' S   Y O U R   S T O R Y ?

# 16

# 스타 강사?

"강의 역시 온몸으로 삶을 경험하면서 정성을 다해
준비해야 한다. 그러한 준비와 노력의 기초 위에
청중이 반응을 나타낼 때 소름이 돋을 정도로 강한 행복감이 밀려
오는 것이다."

지방에 있는 어느 교육원에서 강의 의뢰 전화가 왔다. 주제는 스피치 커뮤니케이션과 관련된 것이며, 대상은 현재 다양한 분야의 강의를 하는 강사들이라고 했다.

'나를 표현하는 말하기'로 제목을 정하고, 날짜와 장소, 시간을 확인하고 끊으려는데, "사실은 김미경 씨 같은 유명한 분을 섭외하려고 했는데… 호호호, 아무튼 잘 부탁드려요."라는 말이 도마뱀 꼬리처럼 지나갔다.

"아, 네, 감사해요."

전화를 끊고 나니 마음이 살짝 상했다. 떨어졌던 마음을 주워담고, 부개 도서관으로 향했다. 실내로 들어서자마자, 2013년에 출간한 《전래 손 놀이 40선》이담북스이 나를 반기며 활짝 웃고 있었다. 도서관에서 나를 배려하여 내가 쓴 책을 전시해 놓은 것 같았다. 갑자기 나의 기분 온도가 쑤욱 올라갔다.

"스피치의 목적은 소통입니다. 진정한 소통은 자신과 원활하게 소통하고, 자아를 인정하는 것에서 시작됩니다. 긍정적인 자아 개념을 가진 자만이 타인과 제대로 소통할 수 있다는 사실을 잊지 마세요. 여러분의 미래를 응원합니다!"

마지막 멘트를 힘차게 날리면서 3시간 동안의 긴 강의를 마쳤다. 노트북을 정리하는데, 청소년 상담사였던 박현자 선생님께서 꿀이 들어 있는 음료수를 수줍게 건네주시며 말씀하셨다.

"선생님 강의를 듣고 저도 새로운 꿈이 생겼어요. 지금 너무나 마음이 벅차올라요. 여태까지의 경험을 바탕으로 저도 많은 사람들에게 희망과 용기를 주는 강사가 되고 싶어요. 이미향 강사님이 제게 용기를 주셨어요. 정말 감사합니다!"

박 선생님의 마음에 꿈의 씨앗을 심은 것보다 더 멋진 일이 있을까? 그 씨앗이 그분의 '마음의 정원'에서 싹을 틔우고 꽃을 피우게 되기를 바란다.

강사가 무대에 서는 자리는 많은 사람들의 미래와 꿈과 만나는 지점이다. 하지만 그들의 꿈과 미래는 강사의 눈에 숨겨져 있어서 보이지 않는다. 그래서 강사는 다양성을 염두에 두고 철저히 준비해야 한다.

유시민 작가는 "글은 손으로 생각하는 것도 아니요, 머리로 쓰는 것도 아니다. 글은 온몸으로, 삶 전체로 쓰는 것"이라고 말했다. 강의 역시 온몸으로 삶을 경험하면서 정성을 다해 준비해야 한다. 그러한 준비와 노력의 기초 위에 청중이 반응을 나타낼 때 소름이 돋을 정도로 강한 행복감이 밀려오는 것이다.

그래, 나는 소위 말하는 '스타 강사'는 아니야. 그런 말과는 도무지 친해지지 않잖아. 하지만 나는 청중의 미래를 더욱 빛나게 만들어 주는 진짜 강사야!

WHAT'S YOUR STORY?

# 17

# 마음으로 보는 세상

"신체적으로 볼 수 없는 삶을 살다 보니 목소리의 작은
울림까지도 집중하게 되는데, 그것이 상대방의 마음 깊은 곳까지
볼 수 있게 해 준 뜻밖의 선물이 되었죠."
- 개그맨 이동우

나는 가끔, 사람이 성인이 될 즈음에 2~3일 동안만이라도 맹인이
나 귀머거리로 살아 본다면 그에게 큰 축복이 될 것으로 생각한다. 암
흑은 빛에 대한 감사를, 침묵은 음성의 즐거움을 가르쳐 줄 것이기 때
문이다.

종종 나는 눈으로 보는 친구들에게 그들이 무엇을 보았는지에 대하
여 테스트해 보기도 한다. 얼마 전에 나는 오랫동안 숲 속을 산책하고
돌아온 친구에게 "무엇을 보고 왔느냐?"고 물었다. 그런데 그녀는 "아

무 특별한 것이 없었다."고 대답했다.

나는 나 자신에게 물어보기를, '어쩌면 그럴 수 있을까? 한 시간 동안이나 숲 속을 산책하고 왔는데, 신기한 아무것도 볼 수 없었다니!'

보지 못하는 나는 손끝의 촉감만을 통해서도 수백 가지 흥미로운 것들을 발견한다. 나뭇잎의 섬세한 좌우 대칭도 느낄 수 있고, 거칠고 주름진 소나무나 부드러운 자작나무의 껍질을 통해 그들의 사랑을 느낄 수도 있다. 그리고 봄엔 기대에 찬 손으로 나뭇가지에 돋아나는 꽃눈을, 겨울잠을 자고 처음으로 깨어나는 새순을 느끼고 알 수 있다. 혹은 운이 좋으면 작은 나무에 살짝 손을 대고 그 나무 위에서 노래 부르는 새들의 행복한 진동도 느낄 수 있다.

이 모든 것들을 손끝으로가 아니라, 내 눈으로 직접 보고 싶은 열망으로 마음으로 울부짖을 때가 한두 번이 아니다. 촉감만으로도 이처럼 즐거운데, 내가 만약에 볼 수만 있다면 얼마나 많은 아름다움을 느낄 수 있을까 생각해 본다. 그리고 나는 내 눈을 사용해서 더도 말고 '3일 동안만 세상을 볼 수 있다면' 하고 상상해 본다.

                – 채규철,《사명을 다하기까지는 죽지 않는다》, 명작출판사, 2000.


1.


위의 글은 '헬렌 켈러' 여사가 썼다.

헬렌 켈러는 1880년 미국 앨라배마 주 터스컴비아에서 태어났다. 생후 19개월 만에 급성 열병을 앓아 시력과 청력을 모두 잃게 된다. 가정 교사로 온 앤 설리번에게 언어 교육을 받았으며, 시각 장애인 학교에서는 점자 교육을 받고, 청각 장애인 학교에서는 발성법을 배웠다. 시청각 장애인으로서는 최초로 대학 졸업장을 받았고, 그 후 저술과 사회 참여 활동을 적극적으로 펼쳐 나간다.

헬렌 켈러는 50여 년간 순회강연을 하며 전 세계의 수많은 사람들에게 희망과 용기를 주었다. 특히 장애인과 여성의 권익 향상에 많은 노력을 기울였다. 하버드 대학교에서 최초로 명예 학위를 받은 여성이 되었으며, 린든 존슨 대통령으로부터는 미국 대통령이 민간인에게 수여하는 최고의 훈장인 '자유의 메달'을 수여했다. '전미 여성 명예의 전당'에도 헬렌 켈러의 이름이 올라가 있다.

헬렌 켈러 여사의 〈사흘만 세상을 볼 수 있다면〉은 삶의 역경을 만난 이들에게 용기를 주는 감동적인 글이다. 교통사고로 전신의 45%에 화상을 입고 시력마저 잃은, 위 책의 저자인 채규철 씨도 이 글을 읽고는 큰 용기를 얻었다고 한다.

사흘이라는 짧은 시간을 세 부분으로 나누어 놓고, 헬렌 켈러가 보고 싶었던 모든 것을 적어 놓은 글을 다 싣지는 못했지만, 우리에게 주는 분명한 충고가 있다.

"당신의 눈을 사용하되 마치 '내일 내가 맹인이 된다면' 하는 기분으로 사용하세요. 다른 감각 기관도 마찬가지입니다. 당신의 모든 감각 기관을 최대한도로 사용하세요."


2.


2005년부터 인천 학익동에 있는 '시각 장애인 복지관'에서 교육 봉사 활동을 한 적이 있다. 비 오던 수요일, 4층 교실에는 시각 장애를 가진 20여 명의 아이들이 모였다. 이런 날은 교실이 마치 공연장이 된 것 같았다. '좍좍' 하늘에서 비 내리는 소리, 빗방울이 창문에 튕기는 소리. 바람이 나무를 간질일 때 나는 휘파람 소리. 그리고 아이들의 깨알 같은 웃음소리.

아이들은 비가 오는 날을 유난히 좋아했다. 우리는 약속이나 한 듯이 책상을 두드리면서 '빗방울'이라는 노래를 불렀다.


"톡톡톡 튕기다, 파르르르르 떨다가
쪼르르르르 달리다…"


신 나게 연거푸 노래를 부르고 있는데, 갑자기 희원이가 책상을 '쾅' 치며 일어났다.

"아, 보고 싶다! 정말 보고 싶다! 비 오는 거 아름답지요, 선생님?"

"응? 으응!"

갑작스러운 질문에 나는 말을 잇지 못했다. 교실 안이 조용해졌다. 심장이 쿵 내려앉으면서 눈물이 났다. 이 아이들은 얼마나 눈으로 보고 싶을까? 그 후로 시간이 꽤 흘렀지만, 비 오는 날이면 희원이의 얼굴이 보름달처럼 떠오른다.


3.


또 하나의 감동 실화를 소개한다.

개그맨 이동우 씨는 결혼하고 겨우 100일이 지나서 '망막 색조 변성증'이라는 불치병으로 시력을 잃게 되었다. 동우 씨의 안타까운 사연을 들은, 천안에 사는 40대 남성이 눈을 기증하겠다는 의사를 밝혀왔다. 기쁜 마음으로 달려간 동우 씨는 뜻밖에도 빈손으로 돌아왔다. 다들 의아한 눈빛으로 그에게 물었다.

"이미 받은 거나 마찬가지입니다." 하고 동우 씨는 대답했다. "그분은 저에게 세상을 보는 눈을 주셨기 때문입니다."

눈을 기증하겠다는 남자는 '근육병' 환자였다. 사지를 못 쓰는 장애인인데, 성한 곳이라고는 눈밖에 없었다.

"나는 하나를 잃었지만, 나머지 아홉을 가지고 있는 사람인데, 그분은 단 하나 남아 있는 것마저 주려고 합니다. 어떻게 그걸 달라고 할 수 있겠습니까?"

동우 씨의 말이었다. 그는 올해 제16회 장애인 상의 주인공이기도 한데, 그가 한 다음의 말이 큰 울림으로 가슴에 다가왔다.

"신체적으로 볼 수 없는 삶을 살다 보니 목소리의 작은 울림까지도 집중하게 되는데, 그것이 상대방의 마음 깊은 곳까지 볼 수 있게 해 준 뜻밖의 선물이 되었죠."

육체로는 건강하나, 마음의 장애를 가진 사람들을 볼 수 있다. 남의 말은 들을 줄 모르고 자기 말만 하는 '청각 장애인', 입만 열면 남의 흉이나 보고 말로 상처를 입히는 '언어 장애인', 상대방과 눈도 맞추지 못하면서 대화하는 '시각 장애인', 가래침을 아무 데나 뱉고 자가용 밖으로 담배꽁초를 버리는 '양심 장애인', 자기만 생각하고 약한 사람을 함부로 대하는 '배려 장애인', 장애인 화장실의 공간이 넓다고 비장애인이면서 사용하는 '공공 장애인'……

참으로 건강한 사람은 마음속에 눈을 가지고 있다. 그들은 육체의 눈으로가 아니라, 마음의 눈으로 세상을 보고 느끼고 생각할 줄을 안다. 따라서 그들의 삶은 어떻게 마음으로 세상과 소통하며 살아가는지를 우리에게 웅변으로 가르쳐 준다. 설사 육체적인 장애가 있더라도 그것을 불행으로 여기지 않으면서 살아가는 힘이 여기에 있는 것이다.

**"사막이 아름다운 건 그곳 어딘가에 우물이 숨어 있어서 그래."**

《어린 왕자》의 말이다. 모래의 그 신비스러운 번쩍거림을 이해하게 되자, 어린 왕자에게 뭐라고 대답할지를 알게 되었다.

"그래." 나는 어린 왕자에게 말했다. "집이건, 별이건, 사막이건, 그 것들을 아름답게 하는 건 눈에 보이지 않는 법이지."

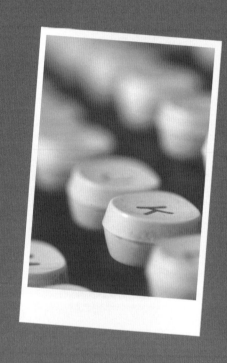

WHAT'S YOUR STORY?

# 시詩 한 편의 행복

"시를 읽는다는 건, 메마르고 녹슨 마음에
숨은 건반을 눌러 주고 현을 튕겨 주는 일이야.
내게도 이런 마음이 있었나, 잊고 있던 자신을 발견하게 되거든."

— 시인 황인숙

핸드폰 알람이 계속 울려대는 데도 따뜻한 이불 속에서 빠져나오기
가 힘든 걸 보니, 올 것 같지 않던 '가을'이란 녀석이 찾아오긴 왔나 보
다. 힘들게 이불에서 빠져나오면 현관문을 열고 나가 신문을 거두는
일부터 시작한다. 내게 신문은 세상을 여는 문과 같다.

오늘은 2015년 10월 20일 화요일. '흡~' 짧은 들숨으로 신문 냄새
를 맡으면서 대문을 열 듯이 좌우로 활짝 펼친다. 언젠가부터 끔찍하
고 자극적인 내용보다는 세상을 밝고 아름답게 느끼게 해 주는 기사

가 눈에 들어오기 시작했다. 오늘 나의 시선을 제일 먼저 사로잡은 기사를 소개한다.

## '96세 문학소녀' 2시간 동안 詩시 20편 줄줄

대구 중구의 한 호텔. 100세를 바라보는 할머니가 또랑또랑한 목소리로 노천명의 시 〈이름 없는 여인이 되어〉를 나지막하게 읊었다. 청중 50여 명은 눈을 감고 옛 추억을 생각하며 이내 감상에 젖었다.

시 암송회의 주인공은 바로 대구 서구에 사는 서두록 할머니(96). 17일 2시간여 동안 20여 편의 시를 실수 없이 줄줄 외워 참석자들의 큰 박수를 받았다. 시를 전공한 젊은이도 해내기 어려운 일이지만, '문학소녀'의 꿈을 잃지 않았던 서 할머니는 막힘이 없었다. 이루지 못한 사랑을 노래하는 대목에서는 눈시울을 붉힌 참석자도 적지 않았다.

서 할머니는 시를 많이 좋아하여 지금도 매일 새벽에 시를 외운다. "기력이 다할 때까지 시를 읽고 외우는 게 소망"이라고 말했다.

– 연합뉴스 대구 장영훈 기자, 2015. 10. 18.

몇 년 전부터, 나에게 울림을 주는 글이나 시를 신문에서 곱게 오려 내어 스크랩하는 것이 취미가 되었다. 시인이 되는 사람은 적다. 그렇지만, 살아오는 동안 시인의 감성으로 보낸 시기는 누구에게나 한 번

쯤은 있을 것이다. 문학적인 시를 쓸 재주는 내게 없지만, 좋은 시를 곁에 두고 반추하듯이 자분자분 음미하는 능력은 있다. 그래서 오늘은 소박한 마음을 남김없이 보여 주는 사랑의 시 한 편을 외워 봐야겠다. 서두록 할머니처럼.


**활짝 편 손으로 사랑을!**
– 에드나 세인트 빈센트 밀레이


활짝 편 손에 담긴 사랑
그것밖에 없습니다.


보석 장식도 없고,
숨기지도 않고,
상처 주지 않는 사랑.


누군가 모자 가득
앵초꽃을 담아
당신에게 불쑥 내밀듯이
아니면,
치마 가득 사과를 담아 주듯이

나는 당신에게

그런 사랑을 드립니다.


아이처럼 외치면서

"내가 무얼 갖고 있나 좀 보세요!"

"이게 다 당신 거예요!"


궁금한 건 못 참는 성격이라 얼른 '앵초꽃'을 찾아보았다.

1) 전국 각처 산지에서 자라는 다년초이며 4~5월에 피는 봄의 꽃

2) 습기가 많은 땅에서 자라며 종류는 10가지가 넘음

3) '앵초'라는 이름은 꽃 모양이 마치 앵두와 같다고 하여 붙여짐

4) 꽃말은 "행운의 열쇠", "가련"


꽃말까지도 어쩜 이리도 예쁜지. 정말 가슴을 파고드는 시이다.


"치마 가득 사과를 담아 주듯이 / 나는 당신에게 / 그런 사랑을 드립니다."

이 표현이 가슴에 작은 돌을 던진다. 우리는 상대를 사랑하면서도 이것저것 재는 버릇이 있다. 손해를 보면 어쩌나? 상처받지 않을까? 거절당하지는 않을까? 이런 생각들이 순수한 사랑을 하지 못하게 방해하는 것이다.

치마 가득 사과를 담아 내미는 소녀의 마음처럼, 사랑은 원래 그렇게 꾸밈없고 예쁜 것이 아닐까? 두 손을 활짝 펴서 남김없이 다 주는 것이 진짜 사랑의 모습 아닐까? 화려하지도 않고, 도리어 동심의 세계가 느껴지면서 소박한 마음을 남김없이 보여 주는 이 시가 나는 좋다. 이런 사랑을 하고 싶다!

어렵지 않고, 이해하기 쉽고, 리듬감이 살아 있으면서 그림으로 그려지는 시, 그러면서도 깊이 있는 울림이 전해지는 시라면 좋은 시가 아닐까? 시는 짧은 음악과도 같아서 무언가 마음속에서 진동이 느껴져야 한다.

황인숙 시인의 말이 생각난다.

"시를 읽는다는 건, 메마르고 녹슨 마음에 숨은 건반을 눌러 주고 현을 튕겨 주는 일이야. 내게도 이런 마음이 있었나, 잊고 있던 자신을 발견하게 되거든."

아~ 이제 완연한 가을이다. 올해도 가을이 참 예쁘게 다가왔다. 아름다운 詩시와 함께.

W H A T ' S   Y O U R   S T O R Y ?

# 19

# 강의 없는 날

"순간순간 사랑하고 순간순간 행복하세요
그 순간이 모여 당신의 인생이 됩니다."
- 혜민 스님

나는 아파트 1004호에 산다. 1002호에는 '조정하'라는 이름을 가진
예쁜 언니가 살고 있다. 우리 둘은 서로 잘 통하는 사이다. 수시로 바
쁜 나를 위해 손수 만든 깻잎 장아찌며, 김치며, 피로 해소에 좋은 잎
차 등을 갖다 준다.

"미향아, 나는 너의 몸에 좋은 음식을 주지만, 너는 많은 사람들의
마음에 좋은 이야기를 해 주잖아. 얼마나 소중한 일이니?"

좋은 이웃을 만났으니, 나는 복이 많은 사람임이 틀림없다.

"1004호에 어울리는 여자야, 넌. 천사~"

"너의 목소리를 들으면 언제나 기분이 좋아."

"바쁘게 살면서도 화초도 잘 가꾸네. 대단해!"

늘 칭찬을 입에 달고 산다. 덕분에 나는 고래가 되어 춤을 추고!

강의가 없는 날은 우리 둘이 뭉치는 날이다. 보통 3시간이고 4시간이고 '수다 삼매경'에 빠져든다. 언제부터인가 여러 사람들이 떠들썩하게 모이는 것보다 단둘이서 오롯이 서로를 바라보며 이야기 나누는 것을 더 좋아하게 되었다.

만나면, 일단 입을 즐겁게 달래 주어야 한다. 무얼 해 먹을까? 오늘 같이 비가 추적추적 내리는 날엔 역시 수제비가 제격이다. 나만의 수제비 레시피를 소개한다.

① 밀가루에 물과 올리브유를 몇 방울 떨어뜨리고, 힘차게 치대며 반죽을 한 후, 냉장고에 두어 시간 숙성시켜 놓는다. (그래야 쫄깃쫄깃하다)

② 다시마와 멸치 그리고 통마늘을 넣고 육수를 낸다.

③ 건더기는 모두 건져 내고, 양파, 감자, 호박, 대파를 넣고 팔팔 끓인 후에 소금으로 간을 한다.

④ 밀가루 반죽을 종이처럼 얇게 펼치며 뜯어 넣는다.

⑤ 커다란 대접에 담고 김 가루와 후추로 마무리한다.

"캬, 정말 기가 막히는 맛이다!"

언니의 감탄사가 크게 울려 퍼진다. 다들 이 맛에 요리를 즐기게 되나 보다.

"미향아, 너는 말하는 게 참 웃겨."

"어, 그래? 언니, 사실 나 예전에 개그맨 시험 보려고 방송국에 원서 쓴 적도 있어."

"정말? 너무 웃긴다! 어떤 내용으로 준비했는데?"

"해 볼게. 음, 콩나물 팍팍 무쳤냐? 아이고, 못생겨서 죄송합니다!"

"크크크, 이주일 씨랑 진짜 비슷하다."

언니의 반응에 기세등등해진 나는, 어제 인터넷 서핑하다 건져 올린 이야기 한 자락을 펼쳐 놓았다.


외국에 자주 나가는 신부님이 계셨다. 그는 공항에서 작성하는 '출국 신고서'의 직업란에 항상 '신부님'이라고 적었다. 이번에도 신부님이 외국에 나가게 되었는데, 역시 출국 신고서의 직업란에 '신부님'이라고 적어 공항 직원에게 내밀었다. 그러자 공항 직원이 약간 샐쭉거리는 표정으로 물었다.

"아니, 신부님! 제가 지난번 출국하실 때도 뵈었는데, 직업란에 꼭 '신부님'이라고 써야 하나요, 그냥 '신부'라고만 쓰면 안 되나요?"

그러자 신부님이 하는 말, "아니, 그러면 스님들은 '스'라고 씁니까?"

– 출처 : 신부님과 스님 작성자 저녁노을

하하 호호 히히~

11월 16일

2015년

1004호에는

웃음꽃이 활짝 피었다.

# 20

# 딸과 함께 이중주二重奏를

"사랑을 이야기하면 사랑을 하게 된다"

– 영국속담

1.

봄 햇살 고운 삼월 스물두 날, 너는 세상 밖으로 나왔지. 꼬물거리는 손과 발, 오물거리는 입, 초롱초롱한 눈과 길쭉한 팔다리로……

이렇게 예쁜 아기가 또 있을까? 간호사가 "어쩌면 갓 태어난 여아의 다리가 이렇게 길고 근육이 다 있죠?"라며 놀라더구나.

아빠는 너를 안고, 우리 아기가 제일 예쁘다면서 연방 웃고 다녔어. 넌 아빠를 쏘옥 닮았지.

그렇게 건강하게 태어난 너는 한 번의 병치레도 없이 잘 먹고 잘 놀면서 우리 집에 웃음꽃을 피웠어.

반갑지 않은 마음의 병이 엄마를 찾아왔지. 병의 이름은 '우울증'

아무도 엄마의 마음을 알려 하지 않았고 엄마의 이야기를 들어 주지 않았다. 엄마는 치오르는 감정을 억누르기에 지쳐 있었어.

세상이 무서웠고 지독하게 외로웠지. 사랑하는 딸이 곁에 있는데도 말이야.

책을 파는 아주머니를 붙잡고 매달리기도 했어. 그런데 책을 사지 않으니까 욕을 하면서 문을 박차고 나가더구나.

엄마의 병은 야속하게도 너를 돌볼 수 없게 만들었지. 외할머니한 테 사랑받지 못했기에 너에게는 좋은 엄마가 되고 싶었는데.

너의 외할머니도 서툰 부모였단다. 시어른을 모시면서 무척 힘들게 생활하셨대.

한동안 외할머니를 원망하고 미워했었지만, 어른이 되어서 그분의 마음을 이해하게 되었지. 엄마의 상처도 치유되었다.

심리학에서는 상처받은 아이를 '내면 아이'라고 한대. 엄마 안에 있는 '내면 아이'를 꼭 안아 주었어, 건강하게 자랄 수 있도록.


2.


나의 소중한 딸 하은이가 5살쯤 되었었지. 물놀이를 좋아하는 너를 위해 아빠와 함께 워터 파크로 가는 길이었어.

아빠와 할머니 이야기를 하다가 말다툼이 벌어졌단다.

"어머니도 모시고 갈 걸 그랬나 봐."

아빠의 말에 엄마는 화들짝 놀랐어.

"무슨 그런 소리를! 난 당신 어머니 무서워!"

"우리 어머니가 뭐가 무서워?"

"나는 무섭다고! 왜 내 말을 무시해?"

⋮

아빠는 차를 갓길에 멈춰 세웠지. 그러고는 차 문을 쾅 닫고 밖으로 나가 버렸어.

엄마는 창문을 열고 아빠를 향해 계속 소리를 질렀지.

"귀여운 새들이 노래하고 집 앞뜰 나뭇잎 춤추고

해님이 방긋이 고개 들면 우리 집 웃음꽃 피어요."

너의 흥겨운 노랫소리가 멈추었어. 너는 귀를 틀어막고 눈을 질끈 감아 버렸다. 그 작은 손으로 입을 톡톡 치면서 "엄마, 예쁜 말! 엄마, 예쁜 말!" 하면서 울기 시작했지.

너는 산속에서 추위와 배고픔에 웅크린 채 떨고 있는 작은 새 같았 단다.

"아가야, 미안해. 이제 괜찮아, 괜찮아."

엄마는 너를 와락 안고 펑펑 울었지.

3.

'베드타임 스토리'는 엄마가 조금씩 건강해지면서 새로이 시작한 것이야. 매일 잠자리에서 네게 그림책을 읽어 주는 일은 즐거운 추억이 되었단다.

《소중한 아이》라는 단편 동화를 읽어 주던 날을 기억하니? 책을 접고 엄마 이야기를 하게 되었지.

충북 제천 의림초등학교 입학식 날. 커다란 운동장 한가운데에서 작은 아이가 비를 맞으며 울고 있었어.

아이의 엄마는 바쁘다면서 입학식에 아이를 혼자 보냈지. 학교 운동장에 서 있으라고 일러 주고는.

그런데 갑자기 먹구름이 공룡처럼 몰려오더니 소낙비가 쏟아졌지 뭐야! 장소가 강당으로 변경되었다는 사실을 8살 아이가 어떻게 알 수 있었겠니?

선생님과 친구들을 만난 첫날의 기억은 아이에게 무척 슬펐단다.

아이의 짝꿍이었던 '우정이'는 하얀 피부를 가진 '백설공주' 같았어. 우정이의 엄마는 "우리 공주, 우리 공주"라고 우정이를 불렀지.

'사랑받는 모습은 이런 거구나!' 아이는 생각했다.

'아, 나도 사랑받고 싶다!'

따뜻한 마음을 가진 하은이가 갑자기 자리에서 벌떡 일어났지. 그 작은 손으로 나를 일으켜 세우고는 꼭 안아 주었어.

"엄마, 괜찮아. 슬픈 일은 다 없어졌어. 이제 괜찮아."

7살짜리 너의 작은 몸에 기대고 엄마는 아이처럼 엉엉 울었단다.

엄마의 마음속에 있던 '미운 것들'을 눈물과 함께 모조리 토해 냈다.

4.

사랑하는 딸 하은아!

따뜻한 가슴을 가진 아이의 엄마란 사실은 엄마가 받은 복 중에서 가장 큰 복이란다.

너는 엄마의 최고의 작품이지만, 엄마는 너의 작품이기도 해. 네가 지금의 엄마를 만들어 주었으니까!

서로 도와 아름다운 화음을 엮어내는 이중주처럼 너와 나는 피아노와 바이올린이잖아.

다음 주 부천에서 있을 '부모 교육' 강의에서는 책을 한 권 소개하려고 해.

로버트 먼치의 글과 안토니 루이스의 그림으로 된《언제까지나 너를 사랑해Love You Forever》

갓 태어난 아기를 안고 어머니가 불러 주는 노래로 시작되는 이야기야.

"너를 사랑해

언제까지나 너를 사랑해

어떤 일이 닥쳐도

내가 살아 있는 한

너는 나의 귀여운 아기"


하은아! 기억나니, 이 아름다운 가사에 엄마가 직접 멜로디를 붙여 불러 주던 노래를?

그 노래는 너를 향한 엄마의 마음이었단다.

# 21

# 남편에게 부침

"그대가 있어 세상은 아름다워라! 삶에서 가장 위대한 것은
사랑하고 또 사랑받는 것이다."

- 물랑루즈

끝날 것 같지 않던 더위가 한 걸음 물러가고, 그 자리에 아침저녁으
로 서늘해진 바람이 낯익은 얼굴로 돌아왔어. 자연의 섭리는 참 정확
하고 질서가 있지.

세월이 빠르다는 말이 실감 나는 요즘이야. 하은이가 벌써 중학교
2학년이 되었잖아. 당신 팔뚝만 했던 하은이가 167센티의 키로 쑤욱
커 버렸어. 어쩜 이리도 늘씬하고 예쁜지… 키가 큰 당신을 닮아 다행
이야.

1999년에 당신과 결혼했지. 그 후 하은이가 태어나고, 강사 일을 시

작하고, 대학원을 졸업하고, 전국을 다니면서 강사 일을 수행하는 지금까지 참 숨 가쁘게 달려왔네. 우리가 함께했기에 소중한 것들이야.

산책을 하다가 문득 하늘을 올려다보았어. 그동안의 추억들이 쪽빛 하늘에 두루마리 그림처럼 좍 펼쳐지더라. 당신에게 받은 사랑과 정성을 하늘보다 턱없이 작은 이 종이 한 장에 어떻게 다 담을 수 있겠어? 하지만 이렇게라도 마음을 표현하고 싶었어. 서툴고 못됐고 약했던 나를 보듬고, 이끌어 주고, 도와줘서 고맙다고! 당신이 아니었다면 여기까지 올 수도 없었겠지.

2005년에 기네스북에 오른 노老부부에 대한 글을 읽었어. 80년의 결혼 생활, 부부 나이를 합산한 205세로 두 가지 최장最長 세계 신기록을 세웠다네. 비결을 묻자, 이렇게 대답했대.

"우리도 남들처럼 종종 다투곤 했지만, 그날을 넘기지 않고 문제를 해결했지요. 행복한 결혼 생활을 위해서는 배우자에게 '미안하다'고 말하는 것을 결코 두려워해서는 안 됩니다."

우리도 참 많이 싸웠지. 우리는 서로의 다름을 인정하지 못했고, 서로의 마음을 알아주지 못했어. 부부간에 가장 큰 죄가 "마음을 몰라주는 죄"라고 하더라. 뒤늦게 깨닫고도 자존심 때문에 '미안하다'는 말을 못한 적도 있어. 윤섭 씨, 참 미안해. 당신한테 소리 지른 것, 함부로 대했던 것, 이해하지 못했던 것… 전부 다.

언젠가 당신이 말했지, 사람과의 관계에서 가장 중요한 건 '배려'라고. 그래 맞아, 우리 앞으로 서로 배려하는 마음으로 살아가도록 하자, 오랫동안, 동화의 해피 엔딩처럼.

나는 복이 참 많은 것 같아. 마음이 따뜻한 사람이 내 남편이고, 꽃보다 예쁘고 사랑스러운 하은이가 내 딸이니 말이야. 두 사람에게 늘 감사하고 있어.


윤섭 씨,

당신의 52번째 생일을 진심으로 축하합니다.

나의 남편으로 살아 주어서 감사합니다.

그리고 사랑합니다. ♡

— 2015년 9월 4일 당신의 아내, 미향이가

WHAT'S YOUR STORY?

# 22

# '정우'의 추억

...
못 걷는 다리 하나를 위하여
온몸이 다리가 되어 흔들어 주고 있었다.
사람들은 모두 기둥이 되어 우람하게 서 있는데
그 빽빽한 기둥 사이를
그만 홀로 팔랑팔랑 지나가고 있었다.
- 김기택, 〈다리 저는 사람〉

스크랩한 신문 조각들을 정리하다가 김기택 시인의 〈다리 저는 사람〉에 내 눈과 마음이 멈췄다.

"못 걷는 다리 하나를 위하여 / 온몸이 다리가 되어 흔들어 주고 있었다."

아, 이 문장을 읽을 때는 가슴이 싸하게 아려 왔다! 자신의 부족한 것을 위해 사력을 다하는 모습이 그림으로 그려지면서 마음이 따뜻해진다. 그것은 아름답기까지 하다.

지금으로부터 30여 년 전, 서울 회기동에 살고 있던 나는 청량리에 있는 '동부교회'를 다니면서 '정우'라는 아이를 알게 되었다. 우리는 둘 다 고등학생이었다. 정우는 소아마비로 목발을 짚고 다녔는데, 나만 보면 얼굴이 빨개지고 말을 심하게 더듬었다. 그러던 어느 날, 노란색 편지지를 내 손에 건네더니 도망치듯 어디론가 가 버렸다.

"미향아, 나 너 좋아"

글자들이 삐뚤삐뚤했다. 그 후로 나는 정우를 피해 다녔다. 왠지 부담스럽고 불편하고 싫었다. 내 모습 어딘가와 닮은 듯한 정우를 보는 게 괴로워서 일부러 웃지도 않고 쌀쌀맞게 대했다.

어느 일요일, 고등부 예배를 마치고 몇몇 친구들끼리 대학로에 놀러 가기로 했다. 버스가 도착하자 우리는 재빨리 버스에 올랐다. 그런데 느릿느릿 휘청거리면서도 기어코 따라오는 정우의 모습이 창밖으로 보이는 것이었다. 몸을 가누기조차 힘든 걸음인데, 이마에는 땀이 송골송골 맺혀 있었다. 무척 안쓰러웠다.

나는 "우리끼리만 가면 더 좋은데… 몸도 불편하면서 따라오기는"

하고 투덜댔다. 나는 참 못된 아이였다.

　오늘은 정우가 그립다. 이제는 보조를 맞추며 걸어갈 수 있는데! 아픈 다리를 위해 나의 온몸을 흔들어 줄 수 있는데! 빽빽한 기둥 사이를 함께 팔랑팔랑 걸어갈 수 있는데!

WHAT'S YOUR STORY?

## 23

# "그럼에도
# 불구하고 anyway"

불가능해 보여도, 힘들어도, 실망하더라도,
'그·럼·에·도·불·구·하·고' 다시 일어날 것이다.
다시 일어날 수 있는 용기를 주고, 실천하는 행동으로 이어 주는
마법의 '여덟 글자'를 마음에 새기면서······.

보육원 출신으로 서울대학교를 졸업하고 대기업에 입사한 김정훈가
명 씨가 한 인터뷰 내용을 적어 본다.

"가족의 부재, 힘들었던 보육원 생활, 배고픔, 외로움··· 이런 단어만
놓고 보면 불행하다는 생각이 들겠지만, 저는 누구보다도 행복합니다.
지금 당장의 아픔과 외로움이 언제 끝나게 될지는 알 수 없지만, 반드시
좋은 날이 올 것입니다."

"무언가 잘 안되고 포기하고 싶을 때, 고민하거나 멈추기보다 무엇이 든 하면서 계속 앞으로 가다 보면 몰랐던 많은 기회들을 만날 수 있을 것이다."

"우리에게 닥친 어렵고 힘든 일, 갑작스러운 불행은 대부분 내 의지와 무관한데, 이런 일들로 자책하고 자기비하하면서 의기소침해질 수는 없지 않느냐? 생각대로 잘 안 풀리거나 감당하기 어려운 시련이 올 때도 있지만, '**그럼에도 불구하고**' 우리 모두는 행복할 이유가 있는 사람들이다."

"그럼에도 불구하고"는 김정훈가명 씨의 좌우명이다. "그럼에도 불구하고" 정신을 소유한 다른 분들이 많이 있지만, 이 자리에서는 여가수 김인순 씨예명 : 인순이를 소개하고 싶다.

나는 인순 씨가 보디빌딩 대회에서 입상하고 나서 자신이 운동하는 과정을 담아 화제가 된 영상을 우연히 보게 되었다. 영상 속의 인순 씨는 나이가 믿기지 않을 정도로 놀라운 근력을 과시했다.

'나바 코리아NABBA KOREA 챔피언십'은 65년의 역사를 지닌 정통의 보디빌딩&피트니스 대회다. 우리나라에서는 2013년에 서울에서 처음 대회가 열렸다. 이 대회 입상자는 NABBA WORLD에 출전할 기회를 받게 된다.

인순 씨는 지난 20일 삼성동 코엑스에서 열린 대회에서, 젊음으로 무장한 참가자들을 제치고 당당히 여자 퍼포먼스 부문 2위를 차지했다. 그녀의 나이 59세라지만, 환갑을 앞둔 나이라고는 믿기지 않는다. '나이는 숫자에 불과하다'는 말은 어쩌면 그녀를 두고 한 말인지도 모르겠다.

"어느 날 보니, 제가 무기력하게 앉아 있더군요. 그런 저 자신을 보며 깜짝 놀랐어요. 제가 자신과 싸워 이길 수 있는 최고의 방법은 운동이 아닐까 생각해서 운동을 시작하게 되었지요."

인순 씨는 매일 2시간씩 120일 동안 운동을 했다. 그리고 식사량도 하루 1000~1500칼로리로 조절하고 밀가루는 전혀 먹지 않았다고 한다.

나는 이번에 전라남도 담양에서 열리는 제11회 전국 가사 낭송 대회에 도전한다. 두 달 전에 인터넷을 서핑하다가 이런 대회가 있다는 것을 알게 되었다. 그렇다고 해서, '온고지신'이니 '가사 문학에 대한 이해'니 하는 거창한 뜻은 없고, 그저 '대상'에게 주어지는 150만 원의 상금에 눈이 어두워 결심하게 된 것이다. 이 문장을 쓰는 나의 얼굴에 살짝 장난기 어린 미소가 번진다.

나의 도전이 순수하지 못하고 좀 불순하면 어떤가? 호기심을 갖고 해 보겠다는 용기만으로도 멋진 일이 아닌가? 이런 나에게 힘찬 박수를 보낸다!

갈 길은 아직도 험난하고 험난하다. 어려운 가사를 현대문으로 해

석해서 암송하는 과정이 여간 고된 게 아니다. 입에 착착 붙지 않고 튕겨 나오기 때문에 발음 연습도 많이 필요하다.

그러나 나의 도전은 계속될 것이다. 불가능해 보여도, 힘들어도, 실망하더라도, '그·럼·에·도·불·구·하·고' 다시 일어날 것이다. 다시 일어날 수 있는 용기를 주고, 실천하는 행동으로 이어 주는 마법의 '여덟 글자'를 마음에 새기면서…….

# ANYWAY
## by Mother Teresa
그럼에도 불구하고 / 마더 테레사

사람들은 때로 믿을 수 없고, 앞뒤가 맞지 않고, 자기중심적이다.
그럼에도 불구하고, 그들을 용서하라.

당신이 친절을 베풀면 사람들은 당신에게 숨은 의도가 있다고 비난할 것이다.
그럼에도 불구하고, 친절을 베풀라.

당신이 어떤 일에 성공하면 몇 명의 가짜 친구와 몇 명의 진짜 적을 갖게 될 것이다.

그럼에도 불구하고, 성공하라.

당신이 정직하고 솔직하면 상처받기 쉬울 것이다.
그럼에도 불구하고, 정직하고 솔직하라.

오늘 당신이 하는 좋은 일이 내일이면 잊힐 것이다.
그럼에도 불구하고, 좋은 일을 하라.

가장 위대한 생각을 하는 가장 위대한 사람일지라도 가장 작은 생
각을 하는 작은 사람들의 총에 쓰러질 수 있다.
그럼에도 불구하고, 위대한 생각을 해라.

사람들은 약자에게 동정을 베풀면서도 강자만을 따른다.
그럼에도 불구하고, 소수의 약자를 위해 싸우라.

당신이 몇 년을 걸려 세운 것이 하룻밤 사이에 무너질 수도 있다.
그럼에도 불구하고, 다시 일으켜 세우라.

당신이 마음의 평화와 행복을 발견하면 사람들은 질투를 느낄 것

이다.

그럼에도 불구하고, 평화롭고 행복하라.


당신이 가진 최고의 것을 세상과 나누라.

언제나 부족해 보일지라도,

그럼에도 불구하고, 최고의 것을 세상에 주라.

(인도 콜카타의 마더 테레사 본부 벽에 있는 시)

# 종이책을 읽는 행복

"내 이 세상 도처에서 쉴 곳을 찾아보았으되, 마침내 찾아낸,
책이 있는 구석방보다 나은 곳은 없더라."
- 토마스 아 켐피스(Thomas a Kempis)

아스팔트를 녹일 정도의 뜨거운 햇볕이 내리쬐는 어느 여름날 오후.
커다란 가방에 책 한 권을 넣고, 체질에 관한 장석근 박사님의 강의를
들으려고 종로 3가로 향했다. '도심권 인생 이모작 지원 센터' – 강의
장 이름도 멋지다!

내가 강의를 하러 다닐 때는 자가용을 이용하지만, 그 외에는 주로
지하철을 이용한다. 지하철은 냉방이 잘 되어 있지만, 사람들의 모습
을 찬찬히 관찰하는 것도 지하철을 타는 즐거움 중의 하나이다.

초미니스커트를 입은 대학생, 등산복 차림의 아저씨, 말끔한 양복

차림의 청년, 아기를 포대기로 업은 젊은 엄마, 하얀 레이스가 달린 원피스 차림의 중년 아주머니……. 차림새는 각양각색이지만 한 가지 공통점이 있다. 모두 거북이 목을 하고서 스마트폰 삼매경에 빠져 있다는 점이다. 그런 탓에 사람들의 얼굴은 보이지 않고 정수리만 보인다.

지하철 승객들은 어쩌면 이리도 똑같은 모습일까? 볼수록 참 신기하다는 생각이 든다. 서 있는 사람들도 마찬가지다. 한 손으로 손잡이를 잡고, 다른 한 손으로 스마트폰을 하면서…….

KT 경제경영연구소가 지난해 발표한 보고서를 보면, 우리 국민은 하루 평균 3시간 39분 동안 스마트폰을 사용한다고 한다. 스마트폰 하나만 있으면 언제 어디서나 온라인 세상과 접속할 수 있는 디지털 시대가 미국 10대들(57%)의 '친구 사귀기' 방식을 바꿔 놓고 있다는 기사를 읽은 적도 있다.

앞자리에 앉은 학생이 밖을 두리번거리더니 부천역에서 내렸다. 그 앞에 서 있던 나는 자연스럽게 자리에 앉는 데 성공했다. 일단 핸드폰을 '무음'으로 설정해 놓고 가방에서 책을 꺼냈다. 김무곤 작가의 《종이책 읽기를 권함》이라는 날씬한 책이다.

접어놓았던 책 귀를 펼치니 글자들이 눈으로 마구 들어온다.

그때 나는 도서관 건물의 지하 2층에 앉아서 책을 읽고 있었다. 우연히 도서관 전체에 아무도 없이 나 혼자였다. 한 줄기 햇빛이 지상地上의 유리 천정에서 뿜어져 나와, 내가 읽고 있는 책 페이지 위를 비추는 게 아닌가. 불현듯 '여기가 천국이구나!'라는 생각에 온몸이 떨리던 기억, 그 순간을 지금도 잊을 수 없다.

이탈리아 피렌체의 리까르디아나 도서관의 천정에 조각되어 매달려 있는 날개 달린 천사들은 도서관이 천국이라는 확신이 나와 바슐라르만의 것이 아님을 보여 주고 있다.

책을 읽다가 나도 모르게 무릎을 '탁' 칠 때가 있다. 그때는 농부가 호미로 감자를 캐내듯, 연필을 꺼내 들고 소리도 시원하게 줄을 '쫙' 긋는다. 밑줄을 긋는 순간 그 문장이 내 것이 된 것처럼 기쁘다.

책을 통해 새로운 세계도 경험하고, '다산'이나 '연암' 선생과 같은 과거의 위인들과 단둘이서 대화도 할 수 있으니, 참으로 멋진 일이 아닌가? 책이 아니면 가능치 않은 일이다.

네이버 지식인에 어느 초등학생이 "종이책이 전자책보다 좋은 이유 3가지만 올려 주세요. 학교 토론 수업 준비로 필요합니다."라는 글을 올렸다. 그랬더니 초등학생 한 명이, "첫째, 종이책에서는 전자파가 나오지 않아서 좋아요. 둘째, 종이책은 떨어뜨려도 깨지지 않아서 좋아요. 셋째, 종이책은 절대로 고장이 나지 않아서 좋아요."라고 답변을 올렸다. 초등학생다운 깜찍한 답변이었다.

나도 전자책보다 종이책을 더 좋아한다. 종이책은 소재인 '종이'로써만 표현할 수 있는 감성이 있다. 종이에 코를 가까이 대면, 나무-어느 산에서 수백 년, 수천 년을 자랐을-의 향기가 은은하게 난다. 책을 읽기도 전에 그 향기가 머리를 맑게 해 준다. 종이를 넘길 때마다 손끝에서 느껴지는 매끈한 감촉은 책의 저자와의 스킨십과 다르지 않다. '사사삭' 책장이 넘어갈 때 나는 소리는 자신이 살아 있음을 알리는 '숨소리' 같아 짜릿하다. 요즘엔 전자책에 '사각사각' 하는 소리를 넣었지만, 그 느낌은 종이책과 비교할 수 없다.

그뿐만 아니라, 전자책에는 줄을 긋거나 메모를 남길 수가 없는데, 종이책에는 형형색색으로 밑줄을 긋고 그때그때 생각나는 것들을 적어 놓을 수 있다. 포스트잇을 붙일 수도 있어서, 책을 잘 꾸민 꽃밭으로 만들 수 있다.

집으로 돌아오는 길에 종이 향기 가득한 서점에 들러 책 한 권을 샀다. 겉표지에 유대인 풍의 검은 모자를 쓴 할아버지가 꽃에 앉은 꿀벌을 잡는 그림이 눈길을 끈다. 할아버지 뒤에서 지켜보는 손녀의 얼굴에는 호기심이 가득하다. 한눈에 봐도 따뜻한 느낌이 다가오는 그림이다. 다음 주에 도서관에서, 도서관이나 유치원에서 '책 읽어 주는' 자원봉사 활동을 하는 선생님들을 만나 강의를 한다. "책에 날개를 달아 주자"는 제목인데, 이 그림책이 적합한 것 같다.

할아버지는 사람들 틈에서 살짝 빠져나와 초롱이를 데리고 집 안으로 들어갔어요.

"애야, 우리 할아버지께서 우리 아버지에게 보여 주셨고, 우리 아버지께서 내게 보여 주셨던 것을 이제 네게도 보여 줄 때가 되었구나."

할아버지는 나직하게 말했어요. 그러고는 꿀을 한 숟갈 떠서 초롱이의 책 표지에 얹었지요.

"맛을 보렴." 할아버지는 속삭이듯 말했어요. 초롱이는 책 위에 얹혀 있는 꿀을 맛보았어요.

"책 속에도 바로 그렇게 달콤한 게 있단다!" 할아버지는 생각에 잠긴 듯이 말했어요. "모험, 지식, 지혜… 그런 것들 말이야. 하지만 그건 저절로 얻을 수 있는 게 아니야. 네가 직접 찾아야 한단다. 우리가 꿀벌 나무를 찾기 위해서 벌을 뒤쫓아 가듯, 너는 책장을 넘기면서 그것들을 찾아가야 하는 거란다!"

할아버지는 부드럽게 웃으며 초롱이를 꼭 안아 주었어요. 그날부터 초롱이는 책 읽기 싫다고 다시는 투덜거리지 않았어요. 책장을 넘길 때마다 벌을 뒤쫓아 온 시골 길을 신 나게 달리던 것만큼 재미있고, 꿀벌 나무의 꿀만큼 달콤한 것을 찾아냈으니까요.

　－ 패트리샤 폴라코 지음, 서남희 옮김, 《꿀벌나무》, 국민서관, 2003.


나는 오늘도 종이책을 읽는다. 도서관에서, 커피숍에서, 잔디밭에서, 지하철에서… 나는 달콤한 행복을 찾는다.

W H A T ' S   Y O U R   S T O R Y ?

# 25

## 행복을 부르는 습관
## 카르페 디엠!

"시간이 있을 때 장미 꽃봉오리를 즐겨라,
너만의 인생을 살아라. 자신의 삶을 잊히지 않는 것으로
만들기 위해서!"
– 영화 〈죽은 시인의 사회〉 중에서

1989년 상영한 영화 〈죽은 시인의 사회〉. 지금까지 내가 본 영화 중에 가장 인상 깊었던 영화를 꼽으라면 단연 이 영화다.

키팅 선생이 학교를 떠날 때, 학생들은 모두 책상 위로 올라서서 이렇게 외쳤다.

"캡틴 오 마이 캡틴!"

아마 영화를 본 사람들이라면 이 장면이 눈앞에 그려질 것이다.

〈죽은 시인의 사회〉는 입시 위주의 일방적 주입식 교육의 폐해를

고발한 영화이다. 오로지 일류만을 요구하는 부모와 학교, 오늘을 내일을 위해 포기하라는 내용은 우리의 교육 현실을 그대로 복사해 놓았다.

1950년대, 미국 뉴잉글랜드에 자리한 전통의 명문 웰튼 고교. 학생들은 전통·명예·규율·최고가 교훈인 이 학교에서 자기 스스로의 꿈을 꾸지 못하고, 부모들의 욕망을 실현해 주기 위해 공부에 매달린다.

어느 날, 그들 앞에 국어 선생님 키팅이 나타나며 학생들은 일순 혼란에 빠진다. 키팅 선생의 교육은 완연 달랐다. 그는 규범인 교재를 찢으라 한다. 그는 신성한 교탁에도 서슴지 않고 올라갔다. 학생들의 고정관념을 벗겨버리는 파격적인 수업이다.

처음엔 이런 키팅 선생은 규범을 신앙처럼 믿고 산 몇몇 학생들의 반발도 사지만, 시나브로 시간이 흐르며 학생들은 키팅의 교육 방식과 학생들을 향한 진정성에 이끌려 그를 진심으로 존경하고 따르게 된다.

마침내 일곱 명의 학생들은 키팅 선생이 학창 시절에 조직했었던 '죽은 시인의 사회'라는 비밀 문학 서클을 만들게 된다. 학생들은 이 서클 활동을 통하여 자신들의 깊은 곳에 잠재하고 있던 문학적 감성들을 깨닫기도 하고, 자유롭고 개성적인 사고에 눈을 떠 가기 시작한다.

하지만 이 명문 고등학교의 교육 정책과 학부모들의 대학 진학에 대한 맹목적 열성과 마찰을 빚게 되고, 학생들은 제각각 그런 마찰 속에서 고민하게 된다.

그러던 와중에 이들에게 중대한 사건이 벌어지게 된다. '죽은 시인의 사회'의 회원인 '닐'은 자신의 모든 열정을 바쳐 연극 활동을 하고 싶으나 권위적인 아버지의 반대 때문에 고민한다. 하버드 의대를 나와 의사가 되기를 바라는 부친의 뜻을 거부하고 연극을 하기를 원하던 닐은 급기야 자살을 한다.

이 사건의 모든 책임은 키팅에게 돌아가고 그는 결국 학교를 떠나게 된다. 떠나는 날 학생들은 창가에서 이렇게 외쳤다.

"캡틴 오 마이 캡틴!"

진정한 가치를 일깨워 주고, 희망을 전하는 존 키팅 선생님이었다. 영화 속에서 그는 '카르페 디엠!', '현재를 즐기라'라고 외쳤다. 카르페 디엠Carpe diem은 호라티우스의 라틴어 시 한 구절로부터 유래한 말이다. 이 명언은 '현재를 잡아라', '현재를 즐겨라', '지금 살고 있는 이 순간에 충실하라'라는 의미이다.

'카르페 디엠!'

잠시 키팅 선생을 떠나 요즈음 이야기를 해 보겠다. 요즘은 인터넷에서 이슈화되면 신상 털기가 무섭다. 얼마 전 인천 어린이집 4살 아이 폭행 사건이 보도되었다. 일부 네티즌들이 해당 교사의 이름은 물론 사진, 전화번호, 카카오톡 아이디 등 개인 신상 정보를 샅샅이 찾아 공개했다. 마치 마녀 사냥이라도 하듯 사실이 아닌 것도 모두 퍼 나르기에 너도나도 바쁘다.

무고한 2차 피해자는 여기서 나타난다. 그래서 제기된 게 '잊혀질 권리'이다. '잊혀질 권리'란 인터넷에 떠도는 개인 정보의 소유권에 유통 기한을 정하거나 이를 삭제·수정 요청할 수 있는 권리이다. 개인이 원치 않는 게시물 등을 지울 수 있도록 하자는 필요성이 생겼다. 이 '잊혀질 권리'를 보장하라는 유럽 사법재판소의 판결에 따라 이미 구글에선 개인 정보 삭제 요청이 쇄도하고 있다고 한다.

이 '잊혀질 권리'와 반대로 '잊혀지지 않을 권리'도 있다. 잊혀지지 않을 권리는 자신이 사망할 경우 등을 대비해 인터넷에 남긴 각종 콘텐츠를 제3자에게 물려줄 수 있는 권리를 뜻한다. 오래 기억하고 기억되고 싶은 욕구이다.

한쪽에서는 지워달라고 하고 다른 한쪽에서는 지우지 말라고 하니, 포털 입장에선 참 난감한 문제가 아닐 수 없다. 잊어야 하나, 잊지 말아야 하나! 이 문제는 참으로 난감하고 골치 아픈 문제가 아닐 수 없다.

기억은 사실 우리 인간이 가진 가장 중요한 자질 중의 하나이다. 기억하지 못하면 우리의 생활 자체가 어려워진다. 기억은 또 학습과 관련된다. 기억하는 과정이 없다면 학습은 불가능하기 때문이다. 하지만 잘 기억하는 것, 많이 기억하는 것이 과연 좋기만 할까? 신경과학의 측면에서 보면 지나치게 많이 기억하는 것은 기억하지 못하는 것과 마찬가지로 잘못된 것이라고 한다.

이런 이야기가 있다.

1900년대 초, 러시아인 솔로몬 셰라세프스키S. Shereshevsky는 당대 유명한 기억술사였다. 그의 기억력은 선천적이었다. 그는 3살 이후에 자신에게 일어났던 거의 모든 일을 생생하게 기억하고 있었으니 말이다. 그는 이름이건, 숫자건, 보는 대로, 듣는 대로, 무엇이든 다 기억했다. 스무 살쯤에는 동네 신문사에 기자로 취직했는데, 취재하러 가서는 아무것도 메모하지 않고서도 회사에 돌아와서 듣고 본 것을 아주 자세히 글로 옮길 수 있을 정도였다.

심리학자 알렉산드르 루리야A. Ruria는 그를 분석해서 기억의 비법을 알아내고자 했다. 연구 결과 비법은 '공감각'이었다. 셰라세프스키는 어떤 단어를 들으면 그 단어의 색깔이나 이미지가 눈에 보인다고 했다. '초록색'이라는 단어는 초록색 꽃병을, '파란색'은 창가에서 누군가 파란색 깃발을 흔드는 장면이 보이는 식이었다. 눈 내리는 소리를,

"머언 곳에 여인의 옷 벗는 소리"라고 표현한 김광균의 〈설야雪夜〉처럼. 루리야 박사는 비상한 기억력은 보통사람들과 달리 단어와 숫자를 감각으로 받아들인다는 사실을 발견한 것이다.

　그렇다면 놀라운 기억력을 타고난 솔로몬의 일생은 행복했을까? 그는 이리저리 직업을 바꾸다가 결국 전문 기억술사가 되었지만, 전혀 행복하지 못했다. 너무 많은 것이 머릿속에 저장되어 새로운 것을 배울 수도 없었고, 새로운 것을 경험하기도 어려워서이었다. 주체할 수 없는 양의 기억은 요점을 흐려놓기 일쑤였고, 독서조차도 그에게는 어렵고 두려운 일이 되었다. 결국 루리야 박사가 도달한 결론은 이것이었다. '잘 잊는 것은, 잘 기억하는 것보다 더 중요하다.'

　인간은 때로 잊어야만 살 수 있다. 특히 과거의 나쁜 기억을 잊는다는 것은 삶의 질 개선에 큰 영향을 미치기에 매우 중요하다. 성공적인 삶을 산 사람들은 하나같이 과거에 얽매이지 않는다. 제아무리 슬픈 일일지라도 잘 잊고 훌훌 털고 일어난다. 그리고 미래를 향해 가면서 매 순간을 즐겼다.

　요즈음 이야기가 길었다. 〈죽은 시인의 사회〉에서 키팅 선생이 남긴 명대사 하나를 더 소개한다.
　"시간이 있을 때 장미 꽃봉오리를 즐겨라, 너만의 인생을 살아라.

자신의 삶을 잊히지 않는 것으로 만들기 위해서!"

심리학자 알렉산드르 루리야의 결론도 '오늘 행복하려면 잊으라!'였
다. 키팅 선생과 알렉산드르 루리야의 결론은 '지금 이 시간을 즐기면
그 속에 행복이 있다'이다.

그런데 우리는 지금 어떠한가? 우리 사회는 앞만 보고 달리는 사람
들이 너무 많다. 끊임없이 앞으로, 앞으로, 잊지도 않고 자꾸만 자꾸
만 내달린다. '우리는 같은 강물에 두 번 발을 담그지 못한다'고 고대
그리스의 기인 헤라클레이토스도 말했다. 이 말에 담긴 뜻은 영원한
것은 없다는 것이다.

사람들은 영원을 추구한다. 영원한 사랑, 영원한 우정, 영원한 건
강, 영원한 젊음, 영원한 권력, 영원한 부…. 그러나 이 세상에서 영원
은 없으며, 단지 환상일 따름이다. 변하지 않는 것은 아무것도 없다.
그러기에 현재를 영원할 것 같은 미래에 저당 잡히지 말아야 한다.

이 글을 쓰는 지금 창밖으로 눈이 온다.

입춘도 지난 지 며칠이나 지났는데, 창밖 나무에 눈꽃이 폈다. 하얗
게, 송이송이.

나가야겠다.

당장, 이 글을 놓고, 정다운 이와 커피 한잔 들고 행복한 눈 이야기

를 하리라.

주섬주섬 옷을 챙겨 서둘러 나가는 나에게 화면의 커서가 깜빡이며 손을 흔든다.

"이 선생님! '카르페 디엠'하세요."

# 26

# 내 나이가 어때서

야! 야! 야! 내 나이가 어때서
사랑의 나이가 있나요
⋮
어느 날 우연히 거울 속에 비춰진
내 모습을 바라보면서 세월아 비켜라
내 나이가 어때서 사랑하기 딱 좋은 나인데.
- '내 나이가 어때서 ' 오승근 노래

이곳은 '칠성 휴게소'!

집에서 400킬로가 넘는 길을 6시간 운전해서 경남 김해에서 강의를 마친 후, 한-참을---달리다, 들·렀·다.

전국에 강의를 다니는 나로서는 빼놓을 수 없는 즐거움이 휴게소에 있다. 언제나 휴게소에는 설렘이 가득하다. 한 잔에 300원인 자판기 커피도 그렇고, 버터 내음 고소하게 풍기는 통감자 구이에, 반건조 오징어가 맥반석 돌 위에서 온몸을 비트는 모습, 고속도로의 음식의 대명사 호두과자, 꼬치구이….

그리고 또 어느 고속도로건 휴게소에 들어서면 가장 먼저 귀를 반갑게 맞는 소리. 트로트다.

언젠가부터 나는 트로트가 좋다. 젊은 날에는 지루하고 따분한 음악이라고 생각했는데, 음악을 이해하는 것도 나이 드는 것과 비례하나 보다.

한을 담은 듯, 푸는 듯, 삭이는 듯, 능수버들처럼 낭창낭창 휘어 넘기는 창법이 구성지면서도 신명 난다. 가만 들어보면 노랫말도 여간 좋은 게 아니다.

운전에 지친 이들의 몸과 마음은 이 노랫가락에 마음이 두어 춤, 어깨는 서너 춤 흔들거린다.

**"야! 야! 야! 내 나이가 어때서**
**사랑의 나이가 있나요"**

가수의 노랫소리가 오늘따라 내 몸에 착 감긴다. 들으면 들을수록, 참 신나고 재밌는 것을 보니 중독성도 꽤 강한 듯하다. 2012년에 발표된 트로트인데, 현재 KBS 〈전국노래자랑〉 예심에서 가장 많이 불린

곡이라고 한다.

80세쯤 되셨을까? 한 백발의 할머니가 카세트 판매대 앞에서 연실 박자에 맞춰 몸을 흔드신다. 얼굴이 참 맑으시다. 영국의 노인 심리학자 브롬디는 '인생 4분의 1은 성장하면서 보내고 나머지 4분의 3은 늙어가면서 보낸다'고 했다. '이 할머니처럼만 늙었으면' 하는 생각이 문득 들었다.

바야흐로 100세 장수 시대이다. 이미 한국인의 평균 수명은 80세를 넘어섰고, 앞으로 평균 수명은 갈수록 늘어갈 것이다. 〈타임〉 최근호의 표지를 장식한 제목은 이러하였다.

"THIS BABY COULD LIVE TO BE 142 YEARS OLD 올해 태어난 아기, 142세까지 산다"

단 '노화 억제 기능이 있는 약품을 복용했을 때'라는 단서가 붙어 있지만, 최근에 늘어나는 수명 추세로 보면 과히 허무맹랑한 말은 아닌 것 같다.

우리는 태어나는 순간부터 하루하루 나이를 먹어간다. 세월이 흐르면서 늙어가는 것은 인간이든 동물이든, 생명이 있는 것이라면 숙명이다. 그렇지만 100세 시대가 누구에게나 똑같은 모습은 아니다.

얼마 전에, KBS 〈강연 100℃〉에서 거창 가조익천고등학교에 다니는 변희우 학생이 "나는 꿈이 있습니다."라는 주제로 강연했다. 변희우 학생, 아니 변희우 씨, 아니 변희우 할아버지는 올 3월 이 학교에 입학한 68세의 최고령 늦깎이 고등학생이다. 변희우 할아버지는 7남매 중 다섯째로 태어나 집안이 어려워 중학교까지만 겨우 다닐 수 있었다. 그는 중학교 졸업 후 배움의 길을 접어야만 했던 사연, 그리고 고등학생으로서 손자뻘 학생들과의 좌충우돌하는 학교생활을 들려주었다. 그것은 한 편의 감동이었다.

변희우 할아버지가 고희를 눈앞에 둔 나이에 새삼스레 고등학교를 입학하게 된 데는 꿈이 있었기 때문이다. 그건 바로 대학 문창과를 나와 '문학가'가 되는 것이란다. 그는 초등학교 때부터 '문학'에 대한 소질이 있었고, 군대에서는 연애편지 대필로 꽤 이름을 날리기(?)도 했단다. 그러나 형편이 어려웠기에 대학 진학을 포기하였고, 결혼 후에는 먹고 사는 게 급해 건설 현장에서 일하거나 농사를 지어 자식들을 양육했다.

그러던 어느 날, 목이 아파 병원에 갔는데 후두에 물혹이 생겼다는 선고를 받게 되었다. 그런데 그는 이 갑자기 찾아온 병마보다 더 괴로운 것이 있었다. 그것은 가슴 속에 큰 돌덩이처럼 들어앉아 있었다. 그 괴로움은 바로 그가 이루지 못한 문학가로 사는 삶에 대한 열망이었다. 그래, 더 이상 미룰 수 없다고 생각하여 중학교를 졸업한 지 51년

만에 손자뻘 되는 고등학생들과 생활을 해 보자는 결심을 하게 된 것
이란다.

변희우 할아버지는 강연 마지막 부분에서 이렇게 말씀하셨다.
"저는 이 나이에도 꿈이 있습니다. 배워서 크게 성공하거나 출세를
바라는 게 아닙니다. 제가 노력해서 새로운 것을 계속 배우고 알아가
는 게 즐겁고, 그게 제 꿈이고, 건강만 허락한다면 대학까지 가서 문
학을 공부하고 싶습니다. 요즘 10대는 꿈이 없는 애들이 많더군요. 정
말 안타까워요. 학생들에게 한마디 할게요. 친구들아! 할아버지는 꿈
이 있단다. 하하!"

68세이신 변희우 할아버지보다 더 많은 나이에도 뜨거운 열정은 가
능하다. 나는 몇 년 전부터, 매일 가지고 다니는 빨간 수첩에 "약해지
지 마"라는 시를 적어 놓고 힘들 때마다 읽으며 위로를 받는다.

**있잖아, 불행하다고 한숨짓지 마 / 나도 괴로운 일 많았지만 살
아 있어 좋았어 / 너도 약해지지 마**

이 시를 쓴 시인은 바로 99세에 시집을 낸 일본 할머니 시바타 도요
이다. 그녀는 세계에서 최고령으로 데뷔한 시인이다. 시바타 도요 할머
니는 주방장이었던 남편과 사별 후, 아들의 권유로 92세에 처음 시를

쓰기 시작했다. 시 속의 유머 감각과 긍정적인 태도가 호평을 받으면서 2011년 6월 자신의 100세 생일을 기념하는 두 번째 시집 《100세》를 펴냈다. 시집은 만 부만 팔려도 성공으로 평가받는 일본에서 158만 부의 판매고를 기록하였다. 언필칭 일본을 넘어 세계적인 베스트셀러 시인이 된 셈이다. 그해 3월, 동일본 대지진이 났을 때는 시집 인세 중 100만 엔(약 1,300만 원)을 성금으로 기탁했다. 그러고는 희망의 메시지를 담은 〈피해자 여러분에게〉라는 시를 발표하였다.

피해자 여러분에게

여러분 마음속에는 지금도 여진餘震이 닥쳐
상흔傷痕이 더욱 심할 것입니다.
그 상흔에 약을 발라주고 싶은 마음
사람이라면 누구나 갖고 있습니다.
내가 할 수 있는 일이 무엇이 있을까요? 생각합니다.
이제 곧 100세가 되는 내가 천국에 갈 날도 얼마 남지 않았겠지요.
그때는 햇살이 되어 산들바람이 되어
여러분을 응원할 것입니다.

읽을수록 진한 감동이 더해진다. 세상에 많은 잠언과 위로들이 있지만 '괴로운 일 많았지만 살아 있어 좋았다'는 시구처럼 잔잔한 울림을 주는 말이 또 있을까. 시바타 도요 할머니는 생전에 자신의 책이 번역되어 전 세계 사람들에게 읽히는 것이 꿈이라고 하였다. 현재 그의 시집은 한국을 비롯해 대만, 네덜란드, 이탈리아, 독일에서 출판됐다. 중국과 영국에서도 발간 예정이다. 그녀의 이마에 그어진 긴 주름만큼 긴 세월을 살아낸 할머니가 이승에 남아 있는 이들에게 남긴 나지막하고 잔잔한 위로, '천국에 가면 햇살이 되고 바람이 되어 응원하겠다'고 했던 그녀를 많은 이들은 오랫동안 기억할 것이다. 시바타 도요 할머니는 2013년 1월에 102세의 나이로 이승과 조용히 작별을 고하였다. 그녀는 참으로 평온한 죽음을 맞이했다고 한다.

"당신의 꿈은 무엇입니까?" 라는 질문에 우리는 어떤 대답을 할 수 있을까?

"내 나이가 지금 몇인데?"

"아이고 지금 시작해서 뭐가 달라져?"

"이 나이에 내가 뭘 할 수 있겠어?"

이런 말은 하지 말았으면 한다. 대신 "내 나이가 어때서?"라는 말을 했으면 좋겠다. 부네(Louis E. Boone)는 인생에서 가장 슬픈 세 가지가 "할 수 있었는데, 해야 했는데, 해야만 했는데"라고 하였다. "아무것도 미루지 마라. 작은 변화라도 좋으니 인생을 즐겁게 살아갈 방법을 찾아라." 70세에 전 재산을 정리하고 세계 여행을 떠난 린 마틴이

《즐겁지 않으면 인생이 아니다》글담, 2014.에서 한 말이다.

그나저나, 올해 떡국 또 한 그릇을 먹었다. 이제 내 나이도 얼마 안 있으면 쉰이다. 나잇값 고민할 때가 된 구구셈이다. 안타까운 것은 어떻게 해야 할지 썩 해결책이 보이지 않는다는 점이다. 그렇지만 난 나다. 이 나이에 집에서 400킬로가 넘는 길을 6시간 운전해서 경남 김해까지 와 즐겁게 강의를 마친 나다. 그리고 강의는 내 꿈이니 이만하면 됐잖은가.

이제 칠성 휴게소를 떠나 집으로 간다.
아까 카세트 판매대 앞에서 연실 박자에 맞춰 몸을 흔들던 할머니처럼 대한민국 가요사에 길이 남을 트로트의 운율에 나도 어깨춤을 올려본다. 어느새 마음도 서너 춤 올랐나 보다. 몸에도 힘이 돈다. 박자에 맞춰 운전대를 가볍게 손가락으로 두드린다.

"야! 야! 야! 내 나이가 어때서……"

# '내 눈에는
# 희망만 보였다.' 라는 유서

"하나님은 자기 형상대로 사람을 만드셨습니다.
그러므로 나는 위대하고 존귀합니다. 나의 생명은 천하보다
귀하지요. 나는 하나님으로부터 특별한 사명과 목적을 가지고
태어났어요. 제가 비록 고아이며, 맹인이지만 내 모습 이대로
존귀함과 사명을 주셨습니다."

– 박사 강영우

한국계 최초로 미국 백악관 차관보 직급까지 오른 인물이 있다.

2000년 《미국저명인사사전》, 2001년 《세계저명인사사전》에 기록된
세계적인 인물이요, 자랑스러운 우리 한국인이다. 그가 바로, 강영우
박사이다.

그는 장애인이다. 아니, 장애를 통해 세상을 변화시키고, 밝고 아름

답게 살다가 소천하신 분이라는 설명이 더 부합하다.

장애는 한 사람의 인생을 바꾸어 놓는다. 하지만 장애가 인생의 걸림돌이 아닌 디딤돌이 되어 세상을 변화시키는 역할을 하기도 한다.

"하나님은 내 눈을 어둡게 하심으로 세상을 밝게 비추는 삶을 살게 하셨다. 나는 보지 못하나 세상이 보지 못하는 것을 볼 수 있고, 나의 장애는 불편함일 뿐 결코 저주와 고통이 아니었다. 그것은 축복 그 자체였다."

그의 말이다.


1944년 경기도 양평군 문호리에서 태어난 강영우는 14세 때 축구공에 눈을 맞아 시력을 잃었다. 그즈음에 부모님까지 세상을 떠나고, 가장으로 직공 일을 했던 누나마저 과로로 사망했다.

1962년 서울맹학교 학생이던 강영우는 자원봉사를 나왔던 당시 숙명여대 1학년이던 부인 석은옥 여사를 만났다. 강영우는 '대학생 누나'였던 석 여사의 도움으로 대학 진학의 꿈을 키웠고 1972년 결혼 후 미국 유학을 떠났다.

학비와 장학금을 받고, 양부모를 만나고, 선한 처녀와 결혼을 하면서 희망의 불꽃을 타오르게 할 수 있었다.

그는 피츠버그대에서 교육학으로 한국인 최초의 시각 장애인 박사가 되었고, 2001년에는 당시 미국 이민 100년 한인 역사상 최고위직이었던 백악관 국가장애위원회 정책차관보로 발탁되었다.

강 박사는 유엔 세계장애위원회 부의장, 소아마비를 극복한 프랭클린 루스벨트 대통령을 기리기 위해 설립된 루스벨트재단의 고문 등을 역임했으며, 2012년 1월에는 국제로터리재단 평화센터 평화장학금으로 25만 달러를 기부하기도 하였다. 2012년 2월 23일, 췌장암으로 향년 68세의 나이로 아름다운 이 세상과 이별하였다.

대표 저서로는 《원동력》두란노, 《오늘의 도전은 내일의 영광》, 《도전과 기회 3C 혁명》, 《우리가 오르지 못할 산은 없다》, 《꿈이 있으면 미래가 있다》, 《아버지와 아들의 꿈》, 《어둠을 비추는 한 쌍의 촛불》, 《교육을 통한 성공의 비결》이상 생명의 말씀사 등이 있으며, 그의 영문판 자서전인 《빛은 내 가슴에A LIGHT IN MY HEART》는 존 낙스 프레스 출판사에 의해 1987년 출간되어 6개 국어로 번역되었다. 아내와 함께 쓴 《어둠을 비추는 한 쌍의 촛불》은 MBC 특집극 〈눈먼 새의 노래〉와 영화 〈빛은 내 가슴에〉로 제작되어 많은 사람들에게 감동을 주기도 하였다.

그의 저서들을 일일이 열거하는 것이 숨이 찰 정도다. 책들은 모두 제목만 읽어도 그분의 삶의 모습과 열정을 느낄 수 있다.

장애를 극복한 성공한 인물 정도로만 알고 있었는데, 몇 년 전부터 여러 차례 우리 교회에 오셔서 강연하셨다. (3년 전에 오셨을 때는, 강연 전에 찬조 출연으로, 나의 제자들 인천시각장애 아동들이 천상의 목소리로 "거위의 꿈"을 부른 기억이 아직도 생생하다.)

책으로만 접하다가 그분의 목소리를 직접 들었다.

그분은 천진난만한 어린아이 같은 미소를 지었다. 그 미소는 천여 명의 우리 교회 교인들의 마음을 환하게 비추어 주었다.

그동안 수십 편의 저서를 통해 그분의 글에서 감동하였다면, 강연을 통해서는 마치 그분의 말이 '둥~ 둥~' 북처럼 내 마음을 울렸다. 나는 아직도 그 울림을 그대로 가지고 있는 듯하다.

"하나님은 자기 형상대로 사람을 만드셨습니다. 그러므로 나는 위대하고 존귀합니다. 나의 생명은 천하보다 귀하지요. 나는 하나님으로부터 특별한 사명과 목적을 가지고 태어났어요. 제가 비록 고아이며, 맹인이지만 내 모습 이대로 존귀함과 사명을 주셨습니다."

"제가 살아온 인생은 보통사람들보다 어려웠습니다. 하지만 결과적으로 나쁜 일 때문에 내 삶에는 더 좋은 일이 많았습니다."

그의 목소리는 차분하고 낮았지만, 그 따뜻한 미소와 뜨거운 열정은 우리 모두의 마음을 달구어 놓을 만하였다.

그는 어떤 상황에서도 희망을 놓지 않았다. 비전을 품었고 10년마다 인생 계획을 세우셨다.

첫 번째는 대학에 들어가 전문가가 되는 것

두 번째는 행복한 가정을 갖고, 자녀들을 성공적으로 양육하는 것

세 번째는 사람들을 섬기고 봉사하는 것

강 박사는 고난과 역경을 '긍정적 자산'으로 삼았다. 특히, 그의 자녀들과의 이야기는 너무나 인상적이었다.

그는 두 아들을 훌륭하게 키워냈다. 첫째 아들은 아버지의 눈을 낫게 하고자 하는 소망으로 안과 의사가 되었고, 둘째 아들은 미국 최초의 아시아계 연방 대법원 판사를 목표로 변호사가 되어 의회에서 일하다가 현재 오바마 당선자를 따라 백악관에 들어갔다.

강 박사는 아들이 세 살 때 기도하는 소리를 들었단다.

"아빠가 맹인이라 야구도 못 하고 운전도 못 하고 자전거 타는 법도 못 가르쳐 주니 아빠 눈을 뜨게 해 주세요."

강 박사는 다음 날부터 변하였다. 아들 진석이의 부정적인 생각이나 태도를 긍정적으로 바꿔 주기 위해 '베드타임 스토리'를 시작했다. 강 박사는 밤마다 불을 끄고, 아들에게 손의 촉감을 활용해 점자책을 읽어 주었다.

"야구, 운전, 자전거 타기를 가르쳐 주는 것은 눈뜬 엄마가 더 잘하지만, 눈먼 아빠가 더 잘하는 다른 것들이 있단다."

진석이는 호기심 가득한 얼굴로 물었다.

"그게 무슨 말이야?"

"네가 잠들기 전에 아빠는 불을 끄고도 성경 이야기나 동화책을 읽어줄 수 있지만, 엄마는 불을 끄면 책을 못 읽어 주잖니."

이 말 한마디로 진석이는 아빠의 실명을 새롭고 긍정적으로 보게 되었다고 한다.

그런 일이 있은 후 진석이는 아빠가 맹인이기 때문에 할 수 없는 것은 버리고 맹인임에도 할 수 있는 것과 맹인이기 때문에 오히려 정상인보다 더 잘할 수 있는 일을 찾아서 자랑하는 습관을 갖게 되었다.

부모의 사랑 속에서 성장한 진석이는 하버드대에 진학하였다. 수능성적 만점을 받고도 하버드대에 들어가지 못하는 지원자가 매년 수백 명에 달한다. 그런데도 진석은 성적 1,600점 만점에 1,410점을 가지고도 입학하는 데 문제가 없었다. 내신도 B 학점에 지나지 않았다. 합격할 수 있었던 이유는 추천서와 에세이, 그리고 과외 활동 덕분이었다. 에세이의 주제는 '자신의 생애에 가장 의미 있었던 사건이나 경험'에 대해서 쓰는 것이었다.

진석은 이렇게 썼다.


"어둠 속에서 아버지가 읽어 주셨던 이야기"

맹인인 나의 아버지는 캄캄한 밤에도 불을 켤 필요가 없었습니다.

불을 켜지 않고도 어둠 속에서 잠자리에 누운 나에게 성경 이야기와 동화를 읽어주셨습니다.

그래서 나는 쉽게 잠이 들 수 있었고, 유치원의 좁은 세계에서 사는 나를, 멀고 먼 상상의 세계로 데리고 갔습니다. 상상의 세계는 바다처럼 넓고 깊었습니다.

나의 아버지는 불빛조차 볼 수 없는 완전 맹인이지만, 세상과 미래와 인생을 보는 선명한 비전을 가지고 있습니다.

그래서 눈 뜬 내가 맹인 아버지를 인도하는 것이 아니라 맹인인 아버지가 눈 뜬 나의 인생을 선명하게 인도해 주십니다. 저는 밤마다 읽어주시는 아버지의 이야기 속에서 꿈과 비전을 가질 수 있었습니다.

나는 나의 아버지께 마음속 깊이 뜨거운 감사를 드립니다.

캄캄한 방에서 아들에게 점자책을 읽어주던 아버지의 감동적인 이야기다.

지금까지 아들 진석은 일상생활에서뿐만 아니라, 존경받는 안과 전문의로, 명문 조지 타운 의대 교수로, 글을 쓰고 강연을 할 때도 기회만 있으면 맹인 아버지에 대한 존경과 사랑을 드러내고 있다.

강영우 박사는 1984년에 간증집을 출판하였다. 이 책은 여러 나라의 언어로 번역되었고 우리나라에서는 드라마로 상영되기도 했다. 이 책을 고등학교에 다니던 아들의 선생님에게 선물한 것을 계기로 아버지 부시 대통령과 연결되었고 후에 한국계 최초의 차관보로 백악관에서 일하게 된 것이다.

강 박사는 2012년 2월 췌장암으로 세상을 떠나기 전, 두 아들과 함

께 국제로터리재단으로 갔다. 25만 달러를 기부하기 위해서였다. 국제
로터리재단은 40년 전인 1972년, 강영우라는 소년에게 장학금을 줘
미국 유학길에 오르게 한 재단이다.

그동안 강영우 박사는 많은 간증집과 책을 통해서, 그리고 학교와
교회 등에서의 강연을 통해서 많은 사람들에게 희망과 용기를 전해
주었다. 그의 인생은 그가 세운 계획대로 다 이루었다.

《내 눈에 희망만 보였다》두란노, 2012.는 강영우의 유고작이다. 그는
책에 이렇게 써 놓았다.

"지금껏 살아오면서 나는 많은 사람들에게 꿈과 희망을 주는 존재
로 살아왔다. 혹자들은 영화, 드라마 같은 삶이라고 말한다. 나의 살
아온 이야기를 바탕으로 만든 영화와 드라마가 있으니 틀린 말은 아니
다. 사람들은 나의 이야기나 나처럼 힘든 상황을 극복하고 일어선 사
람들을 보며 감동을 한다. 하지만 나는 단순한 감동이나 꿈을 주는
것을 넘어서 이 책을 읽는 모든 사람들이 장애를 바라보는 시각에 변
화가 일어나기를 바란다."

나는 요즘 소통, 관계, 스피치, 자존감, 그리고 영향력… 이런 키워
드에 큰 관심이 있다. 내 소개를 하는 자리에서 "저는 강연을 통해 많
은 사람들에게 선한 영향력을 미치는 사람이 되고 싶습니다."라는 말
을 자주 한다.

누군가를 설득하는 능력은 자신이 어떤 의도를 가지고 다른 사람에게 미치는 행위이지만, 영향력은 자신의 가치관과 인품, 그리고 행동으로 다른 사람들에게 발휘하는 힘이다. 사람 관계에서 중요한 능력이 바로 '힘'이다. 힘은 노력을 통해서만 얻는다. 오롯이 자신의 삶을 위해 노력하는 모습을 볼 때, 사람들은 감동한다.

강영우 박사는 우리 모두에게 그러한 삶의 모습을 통해 힘을 준 사람이다. '희망'이라는 힘을 말이다.

최근에 친구로부터 〈비정한 길〉이라는 함민복 시인의 시를 받았다.

......

자신이 걸어온 길인, 몸의 발자국
숨을 멈추고서야
자신만의 길을 갈 수 있을거나

길은 유서
몸은 붓

자신에게마저 비정한
길은 짓밟히려 태어났다

시인은 "길은 유서 몸은 붓"이라 하였다.

그렇다! 우리는 인생이라는 길을 걷는다. 그 길에 우리의 몸이 붓이 되어 삶의 유서를 써내려간다.

장애를 축복으로 만든 사람, 강영우 박사는 자신의 삶의 길에 "진정 내 눈에는 희망만 보였다."라고 유서를 써 놓았다.

오늘, 나는 내 길에 무엇이라고 쓰는가? 또 당신은? 이왕 쓰려면 '희망'이라는 두 자가 참 좋겠다.

# 28

## 두근두근 내 인생

"시작부터 너무 거창한 것을 얻으려 하지 말고
작은 것부터 시작하자. 자신의 상황에 맞게, 처음부터 너무
욕심내지 말고 작은 것부터 실천해 나간다면 분명히 변화는
오게 되어 있다. 작은 실천은 분명 큰 결과를 가져온다."

2015년!

을미년 푸른 양의 해, 첫날의 해가 떠올랐다.

어릴 때부터 나는 계획표를 만들기를 좋아했다.

새해 첫날이면 나는 종이에 글자를 크게 써서 담벼락에 붙여놓는
것을 좋아했다. 세 살 버릇 여든까지 간다고 했던가. 나는 지금도 크
고 작은 계획들을 세우고 있다. 일주일, 한 달, 1년 단위로 내 강의, 공
부, 독서에 대한 구체적인 계획안을 짜 놓으면 한 해를 얻은 기분이다.

그것은 '나의 비전 선언문'이기 때문이다.

올해의 나의 목표는 첫 번째가 '책을 쓰는 것'이다.(바로 이 책이다.) 나만의 감성 에세이 책을 꼭 내는 것이 '나의 비전 선언문' 첫 번째 항목이다. 이미 나는, 2009년과 2013년에, 유아 교육에 필요한 손 놀이에 대한 3권의 책을 출간한 바 있지만, 나만의 '이야기'를 담은 책을 쓰고 싶다.

"목표는 크게 세우고 실천은 작은 것부터 하자"는 슬로건을 만들고, '나의 비전 선언문'을 작성하였다.

아래는 내가 작성한 올해의 '나의 비전 선언문'이다.

1. 감성 에세이 작가 되기
2. 저자 특강하기
3. 아름다운 기부 한 달에 한 번씩 하기
4. TV. 라디오 출연하기
5. 나의 연구실 마련하기
6. 1명의 멘티 육성하기
7. 100권 독서하기

아 글을 내 방문에 떡억 붙여 놓았다. 매일 매일 한 번씩 들여다보며, 때로는 낭독도 하고 때로는 주억거리며 불타는 전의(?)를 다진다.

하지만 이 모든 것을 이룬다는 것이 쉽지 않다는 사실을 안다. 오죽하면 작심삼일로 끝나는 일이 많으니 삼일마다 새롭게 목표를 세우자는 우스개까지 있을까. 계획하고 준비한다고 모든 일이 다 내 뜻대로 이루어지지 않는다는 것을 알 만큼 아는 나이다.

하지만 가능성이 거의 없는 것도 있다. 또 하다 하다 도저히 안 되면 좀 어떤가, 안 돼도 그만이지. 적어도 시도해 보고 도전해 봤으니 후회하는 일은, 미련 갖는 일은, 적지 않겠는가. 주변에선 이런 나에게 무리한 계획이 너무 마음을 조급하게도 하고, 자괴감을 줄 수도 있다고 충고도 한다.

사실 내 마음도 두려운 것이 사실이다. 나는 이제야 재작년부터 쓰기 시작한 조각의 글들 하나하나 퍼즐처럼 맞추어간다. 출판 경험으로 미루어 원고가 다 준비되었다고 해도 출판하기까지의 과정이 첩첩산중이라는 것을 누구보다도 잘 알기에 겁도 나고 두렵다. 도착점은 보이지도 않고 오늘 글쓰기도 어렵다.

그러나 확실한 건 이것이다. 나의 과거를 돌이켜보건대, 계획 없이 이루어진 건 단 하나도 없다는 사실이다. 지금, 당신이 이 글을 읽고 있다면 이미 나는 '1. 감성 에세이 작가 되기'의 계획이 이루어진 것이다.

누군가 말했다.

"먼 길을 가려면 오늘을 보라. 그 오늘이 모여 먼 길이 된다."라고. 매일매일 한 시간 이상 독서하고, 메모하고, 쓰고, 생각하고, 정리하는 습관을 길들이자고 나를 다독인다. 이 작은 습관은 나의 목표를 이루는 소중하고도 즐거운 오늘이 될 것이다.

이탈리아의 조각가이자 건축가인 미켈란젤로도 "작은 일이 완벽함을 만든다. 그리고 완벽함은 작은 일이 아니다."라고 하였다.

뚜렷한 성과를 내는 사람들을 보면 그들에게는 반드시 작은 행동의 습관들이 있다. 우리의 작은 행동이 어떤 목표를 향해 지속하기만 하면 어떤 분야에서건 놀랄 만큼의 변화와 큰 결과를 불러올 수 있다는 것을 나는 믿는다. 어떤 일이든지 새로운 마음으로 시작하는 것은 그리 어려운 일이 아니지만 마음먹은 일을 지속하는 것은 그래서 정말 어렵다.

내가 좋아하는 배우는 차인표다. 그가 SBS 〈힐링캠프〉에 출연해서 미국에 처음 갔을 때 이야기를 한 적이 있다. 20살에 미국에 간 차인표는 영어도 못하고, 돈도 없어, 늘 주눅이 들어있고 자신감은 바닥이었지만, 그를 새롭게 눈 뜨게 한 것은 바로 "팔굽혀펴기"였다고 한다. 그가 식당에서 아르바이트하던 시절, 몸이 좋은 주방장에게 이렇게 물었단다.

"어떻게 하면 당신 몸처럼 만들 수 있나요?"

주방장의 대답은 간단하였다. "하루에 팔굽혀펴기를 1,500개!" 차인표는 1,500개 할 날을 생각하며 팔굽혀펴기를 하였다. 첫날은 50개, 그다음은 100개… 어느 날 그는 팔굽혀펴기를 1,500개 하게 되었다. 그의 몸은 변하였고, 몸이 변하니 마음도 변하였다. 물론 자신감도 생기고 삶의 변화도 생겼다고 그는 말했다.

어쩌면 우리가 바꿔야 할 것은 생각이나 마음가짐이 아니라 구체적인 작은 행동 하나가 아닐까 한다. 시작부터 너무 거창한 것을 얻으려 하지 말고 작은 것부터 시작하자. 자신의 상황에 맞게, 처음부터 너무 욕심내지 말고 작은 것부터 실천해 나간다면 분명히 변화는 오게 되어 있다. 작은 실천은 분명 큰 결과를 가져온다.

독자 여러분께서도 새로운 마음으로 자신만의 규칙을 정하고, 지금 당장 해 보기 바란다.

가령,


매일 영어 단어를 10개씩 외우기

부정적인 습관어 한 가지씩 줄이기

하루에 1번 정도는 나에게 "사랑해"라고 말해 주기

하루에 3가지 이상은 감사거리 찾아 노트에 적기

매일 아침 거울 보고 미소 운동하기

가벼운 운동 10분 동안 하기

작아 보이지만, 이런 행동들은 변화의 물꼬를 분명히 터 준다. 이 책의 초고를 쓴 내 글을 독자 여러분께서 읽는 것처럼. 여리디여린 낙숫물이지만 댓돌을 뚫는다. 제아무리 작고 미약한 힘이라도 멈추지 않고 계속 정성을 기울이다 보면 큰일을 해낼 수 있다.

《하루 10분 독서의 힘》미다스북스, 2014. 저자 임원화 씨는 간호사로서 매일 짧은 독서를 실천하면서 독서의 고수가 되었고, 이를 통해 강사로서 작가로서의 꿈을 이루었다.

가장 중요한 것은 지속해야만 자신이 원하는 곳으로 갈 수 있다는 것이다.

우리들의 작은 한 걸음 한 걸음이 모여 길을 만든다. "큰 나무도 가느다란 가지에서 시작된다. 10층 석탑도 작은 벽돌을 하나하나 쌓아 올리는 것에서 출발한다."라고 노자도 말했다. 천 리 길을 가고자 한다면 한 걸음을 지금 옮겨야 한다. 그 한 걸음, 작은 행동들이 모여 우리의 인생을 만들어나가는 것이다.

저 물 건너 맥스웰 몰츠는《성공의 법칙》공병호 역, 비즈니스북스, 2010. 에서 "무엇이든 21일간 계속하면 습관이 된다. 21일은 우리의 뇌가 새로운 행동에 익숙해지는 데 걸리는 최소한의 시간이다."라고 말하였다. 우리의 두뇌 속에 행동 회로가 만들어지는 데 21일, 이 행동이 반사적으로 나오는 데 42일, 습관으로 완전히 굳어지는 데 100일 걸린다고 한다.


초등학교의 미술 시간, 선생님은 아이들에게 그리고 싶은 동물을 자유롭게 그리라고 했다.

여유롭게 책상 사이를 돌며 지도하던 선생님은 유난히 몰입해서 그리는 한 아이를 발견했다.

흥미가 생겨서 아이에게 다가가 그림을 살펴보니, 놀랍게도 아이의 스케치북에는 차마 그림이라고 할 수 없는 것이 그려져 있었다.

하얀 도화지가 온통 까만색 크레파스로 뒤범벅된 게 아닌가!

아이는 대체 무엇을 그린 것일까?

깜깜한 밤에 까마귀가 날아가는 그림일까? 칠흑같이 깜깜한 바닷속을 그린 것일까?

아이는 이 그림 같지도 않은 까만 종이를 계속 만들어냈다.

한 장, 또 한 장 그리고 또 한 장…

아이는 수십 장을 쉬지 않고 그려댔다.

이쯤 되자 선생님도 아이의 크레파스를 빼앗지 않을 수 없었다. 선생님은 아이의 부모님을 만나고 의사들을 찾아가 상담했다.

그리고 아이는 정신병원에 보내졌다. 정신병원에서도 아이는 계속해서 새까만 그림을 그렸고, 지켜보는 어른들의 걱정은 깊어만 갔다.

그런데 우연히 아이의 책상 서랍에서 퍼즐 한 조각이 발견되었다. 불현듯 무언가를 깨달은 어른들은 아이의 그림들을 잇대어 맞춰 보았다.

놀랍게도 그림들은 서로 연결되어 있었다. 이내 다 같이 달려들어 아이의 그림을 체육관 바닥에 한가득 펼쳐놓고 그림 조각을 맞춰 나가자 검은색 도화지가 제자리를 찾아 거대한 퍼즐이 완성되었다.

어른들은 깜짝 놀라고 말았다. 아이가 그린 그림은 새까맣고 거대한 고래였다. 검은색으로 가득 칠해진 그림은 그냥 먹지가 아니라 고래의 등이고 꼬리였다.

아이는 도화지 한 장에는 도저히 담을 수 없는 거대한 고래를 그렸던 것이다.

— 전옥표, 《빅픽처를 그려라》, 비즈니스북스, 2013.

《빅픽처를 그려라》 프롤로그에 소개된 일본 광고다. 저자는 이 책에서 인생의 큰 그림을 그리라고 이야기한다. 그런데 아이의 그림처럼 고래가 완성되기까지 작은 검은 퍼즐이 모여야 한다. 우리가 실천하는 작은 습관들이 고래의 등과 꼬리 머리가 되어 결국에는 우리가 원하는 거대한 고래가 될 수 있다. 비록 지금은 검은색 작은 퍼즐이지만, 이것이 모이고 모이면 아주 멋진 그림이 되는 것을 나는 신앙처럼 믿는다. '종소리는 때리는 자의 힘에 응분한다'라는 말처럼.

나는 오늘도 '1. 감성 에세이 작가 되기'의 그날을 그리며, 한 권의 책을 펼친다. 그 책에는 이렇게 적혀 있다.

"내 인생 최고의 버킷 리스트, 책쓰기다"

- 오정환

아! 생각만 해도 '두근두근 내 인생'이다.

W H A T ' S   Y O U R   S T O R Y ?

# 29

# 너의 꿈은 뭐니?

"나만이 잘하는 것이 분명히 있는데도 사람들은
내가 못하는 것만 지적했어요. 나는 거기에 집중하다 보니
내 장점을 잃어버렸어요.
재활하는 동안 나의 우승 장면이 담긴 영상들을 다시 보면서
내가 잘하는 것들에 집중한 것이
메이저 대회 포함 2주 연속 우승의 비결인 것을 알았어요."
- 프로 골퍼 신지애

"너의 꿈은 뭐니?"
학생들을 만날 때, 꼭 이런 질문을 하게 된다.
"꿈이요? 뭐 딱히 잘하는 것도 없고, 되고 싶은 게 없는데요."
최근 학생들의 70%가 꿈이 없다고 답했다는 보도를 보았다.

그리 놀랄 일도 아니다. 답을 한 학생들도 자신의 꿈이 아닌, 그저 엄마의 꿈, 아빠의 꿈, 아니면 사회적 성공을 한 다른 사람의 꿈을 말하는 것은 아닌지 생각해 볼 문제이다. 한창 자신의 미래에 대한 밑그림을 그려야 할, 중고등학교 때이다. 그런데 이런 학생들을 학교와 학원으로 "쓸데없는 생각 말고, 그저 공부만 하라."며 억지로 내몰고 있는 것은 아닌가? '억지 춘향' 하는 공부가 재미있을 리 없다. 당연히 대다수 학생들은 공부라는 두 글자를 자신을 괴롭히는 몹쓸 괴물처럼 여긴다.

이제 그만하자. 공부는 공부하는 기계를 원하지 않는다. 오로지 공부만 잘하면 성공한다는 잘못된 인식을 바로잡아야 한다. 그러려면 자신의 꿈에 대해 진지하게 생각해 볼 시간이나 기회, 경험이 주어져야 한다. 어떻게 꿈을 꿀 수 있는지 가르쳐 주는 공부여야 한다.

부모는 멀리 보라 하고 학부모는 앞만 보라 합니다.
부모는 꿈을 꾸라 하고 학부모는 꿈을 꿀 시간을 주지 않습니다.
당신은 부모입니까, 학부모입니까?

몇 해 전 많은 부모들의 공감을 샀던 공익 광고의 문구다. 누구나 좋은 부모가 되기를 바라지만, 또한 학부모이기에 이리저리 휘둘리는 게 사실이다. 아무튼, 이래저래 교육이 문제다.

부모 교육 강연할 때, 꼭 들려주는 우화가 있다.


동물들이 모여 학교를 만들었다.

그들은 달리기, 오르기, 날기, 수영 등으로 짜인 교과목을 채택했다.

동물학교는 행정을 쉽게 하려고 모든 동물이 똑같은 과목을 수강하도록 했다.

오리는 선생보다 수영을 잘했다.

날기도 그런대로 해냈다.

하지만 달리기 성적은 낙제였다.

오리는 학교가 끝난 뒤에 달리기 과외를 받아야 했다. 달리기 연습에 열중하다 보니 그의 물갈퀴는 닳아서 약해졌고, 수영 점수도 평균으로 떨어졌다.

토끼는 달리기를 가장 잘했지만, 수영 때문에 신경 쇠약에 걸렸다.

다람쥐는 오르기에서 탁월한 성적을 냈지만 날기가 문제였다. 날기반 선생이 땅에서 위로 날아오르도록 하는 바람에 다람쥐는 좌절감에 빠졌다.

날기에서는 타의 추종을 불허하는 솜씨를 보였지만, 다른 수업은 아예 참석도 하지 않은 독수리는 문제 학생으로 전락했다.

결국 수영을 잘하고, 달리기와 오르기, 날기는 약간 할 줄 알았던 뱀장어가 가장 높은 평균점수를 받아 학기 말에 졸업생 대표가 되었다.

– 리브스(R. H. Reeves)

혹, 우리의 교육은, 학부모는, 부모는, 아이들에게 뱀장어 교육을 시키는 것은 아닐까?

20세기를 대표하는 지능 검사는 바로 IQ였다. IQ 검사는 기억력, 계산력, 추리력, 이해력, 언어 능력 등을 측정한다. 그리고 IQ가 높은 사람은 공부를 잘할 것으로 생각해 왔다. (정말 재미있는 것은 원래 IQ 검사는 정규 학교에서 정상아와 지체아를 구별하기 위해 시작했다는 점이다.)

하지만 이 연구의 효용성은 몇 년 전까지였으니, 이미 물 건너 저 나라들에서는 박물관에 안치된 이론이다. 요즘은 개인의 성공을 좌우하는 주요 이론으로 다중 지능 이론을 거론한다. 다중 지능 이론은 1983년 미국 하버드대학교 교육심리학과 하워드 가드너 교수에 의해 발표되었다. 이 이론은 개인의 잠재 성향 중, 가장 강한 요소를 파악해서 활용 방안을 찾아주자는 것으로, 지능이 높은 아동이 모든 영역에서 우수하다는 종래의 획일적인 지능관에 대한 비판에서 시작하였다.

다중 지능은 언어, 논리 수학, 공간, 신체 운동, 음악, 인간 친화, 자기 성찰, 자연으로 나눈 8가지를 바탕으로 한다. 8가지 영역은 서로 독립적이다. 따라서 한 영역의 지능이 높다고 해서 다른 영역의 지능

이 높을 것으로 예단할 수 없다. 또한 8가지 영역은 서로 동등하다. 이 이론이 학생의 모든 능력을 IQ로만 평가하여 상위권만 인정하던 기존의 사회적 통념을 뿌리째 뽑아 놓은 것이다.

그러나 우리나라 교육에서는 이 이론에 근거한 다양성의 존중, 무한 가능성에 대한 기회를 찾기 어렵다. 박태환, 김연아 선수에게 책상에만 앉아서 언어나 논리 수학 지능을 키우는 공부만을 강요했다면, 어떤 결과가 나올지 알면서도 말이다.

학생의 꿈을 찾아주는 교육은 그래서 필요하다. 꿈을 찾을 때 반드시 고려해야 할 한 가지가 바로 '타고난 기질'이다. 타고난 기질을 알아야만, 자신의 능력 최대치를 쓰고 발휘하며, 창조적인 능력을 계발한다. 그것은 내가 수영을 잘하는 오리로 태어났는지, 오르기를 잘하는 다람쥐로 태어났는지, 달리기를 잘하는 토끼로 태어났는지를 먼저 아는 것이다.

"자신만의 브랜드를 만들어라."
"하고 싶은 일을 하라."
"자신이 잘하는 일에 집중하라!"

요즘 신문 칼럼이나 잘 팔리는 자기계발서마다 이구동성으로 하는 말들이다. 나 역시도 강연을 통해 자신에게 가슴 뛰는 일이 무엇인지 내면을 들여다보고 말을 건네라고 주문한다. 하지만 이 말이 우리 사회에서 얼마나 힘든 일인지 누구보다도 잘 알고 있고, 이 말보다 더 아이들의 미래를 챙겨줄 말이 없다는 것 역시 잘 안다.

중요한 것은 이것이다.

내가 무엇을 잘할 수 있는가?
뭘 할 때 신나고 재미있나?
내 가슴을 뜨겁게 하는 일은 뭔가?
기꺼이 열정을 쏟아부을 수 있는 일이 뭔가?

끝까지 물고 늘어져서 대답할 수 있을 때까지 아이들을 격려하고 지켜봐 줘야 한다.

몇 년 전 일이다.
〈성공시대〉라는 TV 프로그램에 출연했던 김평호 씨 이야기이다. 이 분은 '소리의 달인', '음향의 대부'라 불린다. 그는 '88 서울올림픽', '2002 월드컵', '대전 엑스포' 등 국제적인 행사 때마다 사운드 연출을 맡았다. 지금까지 2만여 편의 소리도 만들었다.

158센티의 작고 왜소한 체격에 개성 있는 얼굴을 가진 김평호 씨는 원래 연극배우였다. 그러나 그의 외모는 잘생긴 연극배우들에게 가려 빛을 못 보았다. 무대 뒤에서 세팅해 주는 일과 소품 챙기기, 그리고 효과음 내는 일만이 연극배우로서 그의 역할이었다.

하지만 그는 남과 달랐다. 효과음에 묘한 흥미를 느꼈다. 연극배우로서 자기의 역할이 이것이라면, '김평호만의 소리'를 만들자고 생각했다. 당시는 녹음 기술이 없어서 직접 효과음을 낼 수밖에 없었다. 총을 쏘는 장면에서는 무대 뒤에서 화약을 터뜨려 총소리를 냈고, 칼싸움 장면에서는 식칼을 가지고 부딪치는 소리를 냈던 시절이었다. 그는 새로운 효과음을 찾았다.

"콜라 소리는 '마시면 상쾌하고, 기분 좋은 소리'를 만들어 보라는 내용이었는데, 이걸 어떻게 소리로 만들어 내겠어요? 처음엔 맥주병, 소주병을 따서 해 봤는데, 마음에 안 들어서 고무풍선을 터뜨려 만들었는데 재질이 약해 무용지물이었죠. 그래서 고안해낸 게 콘돔이었어요. 그걸 두 겹, 세 겹 겹쳐 해 보니, 그럴싸한 소리가 났죠. 예쁜 여자가 혀로 이를 핥아 나는 소리인 '뽀드득'은 풍선에 물을 묻혀 손으로 훑었어요. 아이디어 면에선 용각산 소리가 제일 기억에 남아요. 역발상을 생각해낸 거죠. '용각산은 소리가 나지 않습니다'로 '무소리의 소리'를 구현해 봤어요."

한 인터뷰에서 한 김평호 씨의 말이다. 그는 말끝에 이렇게 덧붙였다.

"어느 분야든지 자기 능력으로 남들이 따라올 수 없는 기술 하나만 있어도 성공할 수 있습니다."

현대 경영학의 아버지로 추앙받는 피터 드러커는, "첫째는 자신의 강점에 집중하라. 둘째는 자신의 강점을 개선하라. 셋째는 자신이 잘 못하는 분야를 개선하는 데는 가능한 노력을 기울이지 말아라."라고 하였다.

《단순하게 살아라》의 저자 베르너 티키 퀴스텐마허는 "자신의 강점에 집중적으로 관심을 갖는 사람은 약점을 외면해도 좋다."라고 했다.

프로 골퍼 신지애는 우승 비결에 대해서 이렇게 말했다

"나만이 잘하는 것이 분명히 있는데도 사람들은 내가 못하는 것만 지적했어요. 나는 거기에 집중하다 보니 내 장점을 잃어버렸어요. 재활하는 동안 나의 우승 장면이 담긴 영상들을 다시 보면서 내가 잘하는 것들에 집중한 것이 메이저 대회 포함 2주 연속 우승의 비결인 것을 알았어요."

그렇다!

김평호 씨, 피터 드러커, 베르너 티키 퀴스텐마허, 신지애는 모두 이렇게 말하고 있다.

"자신만의 강점<sub>장점</sub>으로 승부하라!"

(장점이란 좋거나 잘하는 것이며, 강점이란 남보다 우세하거나 더 뛰어난 점이다.)

이제 그만하자. 공부는 공부하는 기계를 더 이상 원치 않는다. 그러려면 꿈을 꾸어야 한다. 꿈을 꾸고 싶으면 옆에 있는 연필을 들고 종이에 써내려가라.

이렇게,

내가 무엇을 잘할 수 있는가?
뭘 할 때 신나고 재미있나?
내 가슴을 뜨겁게 하는 일은 뭔가?
기꺼이 열정을 쏟아부을 수 있는 일이 뭔가?

자신의 꿈을 찾았으면, 그 강점<sub>장점</sub>을 높여라.

내 꿈은 멋진 강사다.
나는 내 꿈을 더 높이 이루기 위해 강점<sub>장점</sub>을 이렇게 적는다.

많은 사람들 앞에서 스피치하기

감성지수 높이기

정확한 발음과 탁 트인 발성하기

손짓, 표정, 눈빛, 등 비언어적 표현력 높이기


공부는 공부하는 기계를 원하지 않는다. 기계는 꿈을 꾸지 못한다. 공부는 '너의 꿈은 뭐니?'로부터 시작한다.


자, 모두 자신만의 멋진 꿈을 꾸어 보시길.

# 30

—

# 꿈에서 비전 vision 으로

"나도 꿈을 꾼다. 꿈을 생각하면 가슴이 마구 띈다.
그러나 그냥 꿈만 꾸어서는 안 되고, 눈을 떴을 때
보이는 세상처럼 꿈을 현실 세계로 옮겨 오기 위해
'비전'으로 만들어야 한다."

1.

'택시 기사' 하면 승차 거부, 불친절, 각종 범죄 등 좋지 않은 의미의
단어들이 머릿속에 떠오른다. 인생의 막장에 와서 절박한 심정으로 선
택하게 되는 직업이라는 자괴감을 가지고서 운전하시는 분들도 많이
있다.

나도 택시 기사의 횡포에 당황했던 기억이 있지만, 이런 선입견을

바꾸어 놓은 분이 바로 정태성 씨이다. 그는 1996년에 추진했던 사업이 부도가 나면서 빚더미에 올라앉게 되었다. 설상가상으로 태어날 때부터 심장병을 앓아 오던 딸이 합병증으로 병세가 악화하더니 먼저 하늘나라로 떠났다.

딸을 보내고 나서 아내는 실성하다시피 했고, 그는 절망에 빠져 땅만 내려다보았고 하늘을 올려다보지 않았다.

겨울 어느 날, 정태성 씨는 차가운 바람을 맞으면서 하염없이 거리를 걷다가 잠실대교를 북단에서 남단으로 지나고 있었다. 남단으로 3분의 2쯤 왔을 때 그만 다리가 풀려 난간을 붙잡았는데, 소름이 쫙 돋았다.

'딸의 뒤를 따라갈까? 아니면, 뭔가를 새로 시작할까?'

잠실대교를 건너 교통연수원을 지나는데, 택시 기사 교육을 받은 많은 사람들이 쏟아져 나오고 있었다. 이때 정태성 씨는 교통연수원을 찾았고, 1등으로 연수원 과정을 수료하게 된다. 그 후로 4년 동안 택시 기사로 일하면서 빚을 모두 갚을 수 있었다. 빚을 4년 만에 갚은 것에는 은행의 빚 탕감이 크게 작용했다고 한다. 그래서 국민과 정부에 감사하고 사회에 이바지하고 보답하는 사람이 되고 싶었다고 한다. 정태성 씨는 꿈에 그리던 개인택시도 샀다.

어느 날, 그는 책에서 일본 MK택시의 성장 신화를 접하게 되었다. 그는 이것을 택시 기사로서의 비전과 가치를 이룰 수 있는 절호의 기회로 생각했다. 그때부터 일본어를 틈틈이 공부하면서, 일어와 한국어로 신입 사원 연수 교육에 참여하고 싶다는 내용의 편지를 MK본사에 보냈다.

"노동이 최고로 신성하다는 것을 믿습니다!"

이 외침은 한국으로 돌아와서 그의 꿈을 이루는 원동력이 되었다. 드디어 비전 택시 대학의 문을 열었다. 이 대학은 택시 기사를 대상으로 전액 무료로 과정을 진행하며, 수료하면 정태성 씨가 'V'자 마크를 부착할 권한을 준다.

정 총장의 개인택시에는 세계 최초로 이동식 '심박제세동기'가 장비되어 있다. 승객이 갑자기 심장 발작을 일으키면 즉시 심폐 소생술을 할 수 있도록 자격증도 따 두었다고 한다. 또 활기찬 아침부터 다소 처지게 되는 저녁까지 시간대별로 서로 다른 6가지 방향제를 뿌린다고 한다.

정말 감동적인 부분은 4m에 달하는 레드카펫이다. 모든 승객에게 다 해 줄 수는 없지만, 특별히 예약된 고객이 레드카펫을 밟으며 승차할 때 정 총장이 직접 문을 열어 주는 서비스를 제공한다.

지금은 차량을 지프 랭글러로 바꾸어 차량부착 광고료로, [책사랑택시] 캠페인을 한다. 캠페인 내용은 무상으로 택시기사에게 책을 나눠드리는 것이다. 정태성 씨는 사회에 이바지하는 것이 가장 큰 행복이라고 말한다.

2.

'퀸티센스Quintessence'라는 철학 용어가 있다. '전형', ' 본질', '진수'
라는 뜻인데, 세상에 존재하는 4가지 기본 원소 즉 불과 바람과 흙과
물 다음으로 중요한 원소를 가리키는 용어로서 Quint5와 Essence본
질가 합해져서 만들어졌다.

'제5의 본질, 그것은 바로 '꿈'이나 '이상理想'을 가리킨다. 이 위대한
본질은 우리의 삶에 꼭 필요한 기본 원소라고 생각한다. 꿈은 인간의
정신 속에 뿌려진 '기적의 씨앗'과 같은 것이다. 나무가 작은 씨앗에서
시작하여 거목으로 성장하듯이, 성공의 씨앗은 곧 꿈이요 강렬한 열
망이다.

꿈은 자신이 원하는 어떤 것이라도 될 수 있다. 그래서 어린아이들
에게 "꿈이 무엇이냐?"고 물으면, 자신이 막연히 좋아하거나 원하는
것—대통령, 선생님, 연예인, 의사, 운동선수 등—을 말한다. 그러한 다
양한 꿈은 수가 아무리 많더라도 그저 꿈일 뿐이다. 그것만으로는 실
현될 가능성 여부가 불명확하다는 말이다.

꿈에 현실적 감각이 더해져서 조화를 이루면, 꿈은 구체성을 띠게
되면서 비전이 된다. '비전'이라는 말을 우리말로 번역하기란 쉽지 않은
데, 사전적 의미와 실제적 의미 사이에 많은 차이가 있기 때문이다.

비전vision의 사전적 의미는 라틴어 "vis"보이다 + "ion"것으로서, 내
눈에 "보이는 어떤 것"을 가리킨다. 그런데 실제적 의미는 "내가 원하

는 어떤 목표를 이루기 위한 구체적인 행동 가능성이 포함된 어떤 것"을 가리킨다. 즉 목표를 이루기 위해 계획을 잘 세워서 행동으로 옮기고, 그 과정에서 만나게 되는 모든 위험을 이겨 내면서 적극적으로 실천하는 것을 포함한다.

여기저기서 꿈을 꾸라고 말한다. TV에서도, 자기계발서에서도, 유명한 강사의 외침에서도 약방의 감초처럼 등장하는 한 글자는, 바로 '꿈!'

물론 나도 꿈을 꾼다. 꿈을 생각하면 가슴이 마구 뛴다. 그러나 그냥 꿈만 꾸어서는 안 되고, 눈을 떴을 때 보이는 세상처럼 꿈을 현실 세계로 옮겨 오기 위해 '비전'으로 만들어야 한다.

하늘을 날고 싶어 하는 꼬마 펭귄이 있었어요.
"전 하늘을 날 거예요!"

꼬마 펭귄은 갈매기들에게 하늘을 나는 법을 배울 생각이에요. 갈매기들은 푸른 하늘에다 둥글게 원을 그리거나 직선이랑 곡선을 마음대로 그리면서 멋지게 날아다니니까요!

꼬마 펭귄은 하루도 쉬지 않고 나는 연습을 했어요. 날이 갈수록 날개는 튼튼해졌지요. 꼬마 펭귄은 몸을 좀 더 깊숙이 웅크리고 숨을 꼭 참은 채 온 힘을 다하여 풀쩍 뛰어올랐지만, 매번 물속으로 떨어지곤 했어요.

"갈매기처럼 하늘을 날 수 있는 건 갈매기뿐이란다. 너는 너만의 방법으로 날게 될 거야." 아빠가 조용히 다가와 아들에게 말했어요.

⋮

하늘만큼이나 푸른 바닷속에서 펭귄들이 이리저리 헤엄을 치고 있었어요. 갑자기 꼬마 펭귄의 얼굴이 환해지더니 바닷속으로 첨벙 뛰어들었어요. 그동안 열심히 나는 연습을 해서 튼튼해진 날개 덕분에 멋지게 헤엄을 칠 수 있었지요.

꼬마 펭귄은 무척 행복했어요. 갈매기들이 바람을 타고 하늘을 날아다니는 것처럼 물살을 타고 바닷속을 마음껏 날아다녔어요. 지금까지 이처럼 멋지게 물속을 나는 펭귄은 없었대요. 그래서 꼬마 펭귄에게 '바다의 비행사'라는 근사한 별명이 생겼답니다.

－《날아라 펭귄》, 예림당, 2007.

# 31

## 버킷 리스트 bucket list

"생의 끝 날이 머지않거나 임박하여 시각을 다툰다면, 하고 싶은
일도 줄어들 것이고 마음도 조급해질 것이다.
그와 함께 인생에서 정말 소중한 것이 무엇인지,
나는 누구인지를 깨닫고 사랑, 가족, 친구의 소중한 가치를
절감하게 될 것이다."

이 영화는 인생의 황혼기에 접어든 두 남자가 자신의 남은 수명을
알게 되어 죽기 전에 해 보고 싶은 일들을 한다는 내용이다. 시한부
인생을 살게 된 두 남자는 병원의 2인 1실에서 처음 만난다. 진지하고
도덕적이지만 가난한 자동차 정비사 카터와 개방적이고 쾌활한 성격
의 재벌 에드워드.

그들은 너무나도 달랐다. 성격도, 인종도, 관심사도, 인생의 신념

30. 꿈에서 비전(vision)으로 **233**

도. 그러나 둘은 차츰 서로의 아픔을 이해하며 친구가 되어 간다.

자동차 정비사 카터모건 프리먼는 대학 신입생 시절, 철학 교수가 과제로 내주었던 '버킷 리스트'를 떠올린다. 죽기 전에 하고 싶은 일들의 목록을 적어 오라는 과제였다. 하지만 46년이 지난 지금, '버킷 리스트'는 잃어버린 꿈이 남긴 쓸쓸한 추억에 불과하다. 재벌 사업가 에드워드잭 니콜슨는 돈 안 되는 '리스트' 따위에 관심이 없다. 최고급 커피를 맛보는 것 외에는 자신이 원하는 게 무엇인지 생각할 수도 없다.

두 남자는 서로에게서 중요한 공통점을 발견하게 되는데, '나는 누구인가?'라는 문제를 정리해야 하고, 얼마 남지 않은 시간 동안 '하고 싶었던 일'을 해야겠다는 것이다! '버킷 리스트'를 실행하려고 두 사람은 병원을 뛰쳐나와 여행길에 오른다. 세렝게티에서 사냥하기, 문신하기, 카 레이싱과 스카이다이빙, 눈물 날 때까지 웃기, 가장 아름다운 소녀와 키스하기, 화장火葬한 재를 깡통에 담아 경관 좋은 데 두기……. 목록을 지우고 더해 가면서 두 사람은 많은 것을 나누게 된다.

– 영화 〈버킷 리스트〉, 2008.

'버킷 리스트bucket list'는 중세에 죄수를 사형 집행할 때 목에 밧줄을 감고 양동이를 발로 차 버리는 행위에서 나온 말로서, 죽기 전에 꼭 해야 할 일이나 하고 싶은 일에 대한 목록을 가리킨다. 생의 끝 날이 머지않거나 임박하여 시각을 다툰다면, 하고 싶은 일도 줄어들 것이고 마음도 조급해질 것이다. 그와 함께 인생에서 정말 소중한 것이 무엇인지, 나는 누구인지를 깨닫고 사랑, 가족, 친구의 소중한 가치를 절감하게 될 것이다.

'버킷 리스트'는 평범하지만, 매우 소중한 의미가 담긴 영화이다. 2008년에 개봉한 영화인데, 이제야 다운받아 보게 되었다.

생각나는 인물이 있다 - 세계적인 탐험가 존 고다드!

1994년의 어느 비 내리는 날 오후. 16살의 소년 존 고다드는 식탁에 앉아 할머니와 숙모가 하는 말을 엿듣고 있었다.

"아이고, 이것을 내가 젊었을 때 했더라면!"

이 한 마디는 고다드의 뇌리에 깊게 박혔다. 그는 얼른 노란색 종이 한 장을 가져와 맨 위에 '나의 인생 목표'라고 쓰고, 그 아래로 127가지를 적어 내려갔다. 미지의 세계에 대한 탐험에 관심이 많았던 존의 리스트에는 '달나라 여행', '에베레스트 산 등정', '아마존 강 탐험' 같은 16살 소년으로서는 생각해 내기 어려운 목표도 있었다.

그 후 40년이 지난 1972년에 미국의 〈라이프〉 지는 존 고다드를 '꿈을 성취한 미국인'으로 대서특필했다. 카약 하나로 나일 강을 완주하고, 킬리만자로 산 봉우리에 우뚝 서고, 그 외에도 수많은 탐험 기록을 남기면서 자신의 꿈들 중 많은 부분을 이루었다. 그때 127개의 목표 가운데 114개를 이미 달성하였고, 1980년에는 우주 비행사가 되어 달에 감으로써 115개째를 달성했다.

우리나라에도 김수영이라는 드리머dreamer가 있다. 각종 강연과 텔레비전, 라디오, 잡지를 통해 들은 그녀의 이야기는 가까운 친구한테서 들은 것처럼 친근하다.

그녀는 자신을 소개할 때, "지구별을 무대로 83개의 꿈에 도전하는 쾌락주의자 유목민 김수영입니다."라고 말한다. "멈추지 마! 다시 꿈부터 써 봐!"라고 외치는 김수영! 지금의 당당한 모습과는 달리, 그녀의 과거는 평탄하지 않았다.

중학교도 중퇴한 '문제아'로 낙인 찍혔으며, 1년 늦게 검정고시로 '여수 정보 과학고'에 입학했다. 기자의 꿈을 안고 대학 진학을 준비하자, 주변 사람들은 '네 분수를 알라'면서 비웃었다. 하지만 1999년 KBS 〈도전 골든벨〉에서 실업계로는 첫 골든벨을 울리자 세상은 깜짝 놀랐다. 연세대 영문학과를 졸업한 그녀는 세계 최고의 투자 은행인 골드만 삭스에 입사하게 된다.

그러나 그 기쁨은 오래가지 않았다. 몸에서 암세포가 발견된 것이다. 다행히 암은 치료했지만, 큰 충격을 받은 그녀는 죽기 전에 해 보고 싶은 것 73가지를 담은 꿈의 리스트를 완성했다.

2005년에는 첫 번째 꿈을 이루기 위해 무작정 한국을 떠나 세계 도전을 시작했다. 런던 대학교에서 석사 과정을 마치고, 2007년부터는 세계 매출 1위 기업인 로열 더치 셸 영국 본사에 입사하여 연 800만 달러의 매출을 책임지는 카테고리 매니저로 근무했다. 7년간 70여 개국에서 46가지의 꿈을 이뤘고, 2010년에는 《멈추지 마! 다시 꿈부터 써 봐!)를 출간했다.

　그녀는 많은 사람들의 멘토다. 1년간 세계 일주를 하며 많은 사람들의 꿈을 인터뷰한 동영상은 정말 감동적이었다. 지구별을 무대로 83개의 꿈에 도전하는 멋진 여성 김수영의 마지막 리스트는 "사람들의 꿈을 찾는 데 영감을 주기"이다. 이미 그녀는 책이나 강연을 통해 많은 사람들에게 꿈의 씨앗을 나누어 주었고, 지금도 계속 영감을 주고 있다. 가까이서 만날 수는 없지만, 내게도 영감을 준 그녀의 꿈을 응원하고 싶다.

　꿈을 실현하기 위해 가장 먼저 할 일은 뭘까? 바로, 종이 위에 적는 것이다. 맘먹은 김에 얼른 집 앞에 있는 문구점으로 달려갔다. 존 고다드의 종이 색깔과 같은 노란색 노트를 샀다. 오늘부터 새로운 각오로 꿈의 목록을 작성해 나가기 위해,

　1) 꿈을 최대한 많이 꾸자.
　2) 이루고 싶은 꿈들을 자유롭게 써 보자.
　3) 기한과 중요도를 정해 보자.
　4) 이룬 꿈들은 '성공'으로 체크하고, 달성한 연도를 적자.

▷ 이미향의 버킷 리스트

1. 동서양 인문학 공부하기
2. 〈아침마당〉에서 '목요 특강' 하기
3. 이금희 아나운서와 사진 찍기
4. 일본으로 온천 여행하기
5. '저자 특강'으로 전국 강연하기
6. 걷기 운동으로 몸무게 3kg 감량하기
7. '부스러기 사랑 나눔회' 아동 10명 이상 지원하기
8. 한 달에 책 10권 읽기
9. 충북 괴산 '숲 속 작은 책방'에서 혼자 북 스테이 하기
10. 타이 마사지 배워서 사랑하는 사람들에게 해 주기
11. 알아서 척척 먼지 잡는 로봇 청소기 구입하기
12. 외국에서 강의하기
13. 몇 년 동안 늘 매장 주위만 맴돌다 사지 못한 명품 숄더백 구입하기
14. 내 이름을 건 연구소 갖기
15. 글쓰기 아카데미 등록하기
16. 월간지 〈좋은 생각〉에 원고 채택
17. 나의 삶을 담은 에세이집 2권 출간하기
18. 국회의원 회관에서 강의하기

19. 강의 콘텐츠 10개로 늘리기(행복, 사랑, 비전, 소통, 열정 등)
20. 출판 기념회 3곳 이상에서 하기 (서울, 인천, 대구 등)

생각한다고 실제로 일어나는 건 아니지만, 일단 비전이 있으면 행동을 취하게 된다. 김수영 씨도 말하지 않았던가, 꿈을 기록하고 시간을 정하면 그것이 목표가 되고 인생의 계약서가 된다고!

꿈을 찾아가는 즐거운 여행이 시작되었다. 비도 만나고, 벼락에 놀라기도 하고, 돌에 걸려 넘어지기도 하겠지만, 그러면 어떤가? 모든 상황을 인내하고 기꺼이 받아들일 것이다. 다 지나고 나면 행복한 추억이 되어 입가에 미소를 일으키며 돌아오겠지.

WHAT'S YOUR STORY?